已經夠倒楣了，還要被死神耍著玩！
ツイていないうえに死神にイタズラされた！

逃離死神

滾雪球
EMO

— Character —

人物介紹

諾德（男，14歲）

父母接連死亡，必須提早挑起家擔，但工作還沒找到，自己也重傷昏迷。靈魂出竅被死神告知要在一個月內找到替死鬼，否則就會死去。

愛薇（女，14歲）

從小就經常生病，已經昏迷過無數次，靈魂出竅經驗豐富，這一次見到死神，讓她鬆了口氣，認為反正醒後也是一直躺在病床上，不如死了解脫。

娜希雅（女，18歲）

舞蹈家。表演時舞台意外裂開而摔落受傷昏迷。因為注重優雅形象，不大願意抓替死鬼，但是練舞使她身手靈活，真動起手來，也許不好應付。

傑羅姆（男，59歲）

因病昏迷兩年多，年輕時曾經差點被抓去當替死鬼，因此輪到自己也要做這件事時，非常排斥。而且自覺年紀大了，本就離死不遠，沒必要。

死神（年齡不明）

人死之後，負責帶領靈魂前往冥界的使者。每天來去匆匆地四處抓靈魂，因而有過勞傾向，脾氣也有點不太好。

逃離死神

死神から逃げる

目錄

一、只剩一個月

諾德被天使救了，就在剛才，大雨把地上弄得到處積水，害他不小心滑了一跤，就要摔倒時，後面傳來一聲尖叫「快閃開！」

他回頭一看，一匹馬正朝他衝過來，同時有個女生向他撲過來。

諾德才剛看到她微笑的臉，就被撲倒，一起翻滾了幾圈。

所以他現在才能好端端地回想那個天使，一頭粉色長髮飄逸，鵝蛋臉，面色蒼白……嗯？怎麼會蒼白？哦！對！一定是看到他要被馬撞了，太緊張。

雖然她沒有翅膀，看起來像是普通的人類女孩，可是諾德相信她就是天使，因爲左看，右看，前後左右，都沒看到那個女生了，天使才能消失得這麼快。還有她那個微笑，就是天使自信會成功救到人的證據。

可是！爲什麼記得她蒼白的臉、勾起的嘴唇，卻想不起她的長相？諾德努力把剛才的事重覆回想好幾遍；天使撲過來，他還在想怎麼了？就發現有馬朝他狂奔過來，他看到天使的時間只有短短幾秒，接下來瞳孔放大，驚恐地直盯那匹馬。

旁邊有急切的說話聲，有小孩在哭，諾德不想管，反正路人會去安慰的，他要再想想天使。

「嗚嗚……」男孩子哭聲不斷。

沒有人要去安慰嗎？諾德還想回想天使，可是，他忽然抬起頭，沒有路人，這裡……不是路上，居然是室內，他什麼時候進來的？

「求求你！救救我哥哥，我們會去賺錢還你的。」女孩的哀求聲。

賺錢？小孩子？諾德就是因爲急著找工作賺錢，才會天氣不好還出門，聽到有更小的孩子缺錢，他很難再只顧自己想天使。

「嗚嗚……」

等等！這聲音！

諾德左右尋找，不遠處有個全身黑衣的人，拿著什麼大東西，看上去怪怪的，但這不是他要找的，不管！

「拜託你再想想辦法，他如果死了，我會被抓去關的！」

「你還是找別人吧！我真的救不了。」

諾德看到了，說這話的人穿著像是醫生，旁邊一再拜託的，是個壯碩的中年男人，全身衣服有乾有濕，一臉慌張。剛才雨下很大，他應該是從外面進來，衣服還沒乾透。

另一邊，小女孩拉扯著醫生的衣襬，哀求說會去賺錢，果然是他九歲的妹妹，雀兒。

而那個一直哭的，跪在床頭，時不時想伸手摸床上人的臉，卻又馬上縮手，像是被警告不能碰，是他五歲的弟弟，奇斯。

諾德打了個冷顫，緩緩低頭看自己的衣服，左邊、右邊、全身上下，都是乾的，而腳下，果然沒有踏在地上，飄起來了。

他慢慢飄到床前，沒錯！躺在床上那個人，沒有人比他更熟悉了，那是他的身體……所以他死了？靈魂離開身體了？

不！他明明被天使救了，怎麼會這樣？

諾德試著伸手去摸奇斯，手穿過了奇斯的頭，什麼也沒碰到！

再轉向雀兒，顫抖地把手伸過去，還是一樣。

真的死了嗎？那個天使難道只是幻影？還是，自己接受不了自己死了，憑空幻想出來的？

不！不！不！是夢！對啦！諾德動動肩膀，轉轉腰，沒覺得哪裡會痛，沒錯，夢裡是感覺不到痛的，那就拜託快點醒啊！

「還沒搞清楚狀況嗎？」

有人這麼說，諾德沒注意，他很煩躁，不斷唸著：「快點醒來，不要睡了！」

「諾德！」

有人在叫他，諾德不理，只想快點醒。

「諾德！」

好吵，諾德想叫他閉嘴，一轉向聲音來源。「嗚啊！」嚇得往後跳開。

小心地抬頭再看對方，一身黑斗篷，頭部的地方沒有人臉，是個骷髏頭。手上拿著大大長長，比身體還高，像鐮刀的東西？其實剛才就看到了，但是沒注意。

「真是討厭的夢，連死神都來了。」

知道是夢就沒什麼好怕的，他走向前去。「喂！你是死神沒錯吧？跑到我的夢裡來幹嘛？」

「可憐的人，你不是在作夢，你現在看到的都是真的，因爲事情發生得太突然，你還來不及弄清楚，就那樣了。」死神指向床上不動的身體。

諾德瞪著他。「這是夢，有天使救了我。」

「天使？」死神不懂。「你大白天作夢？」

「啊？」諾德一愣，緩緩轉頭看向大亮的窗外，臉色大變。

「用不著那麼驚慌，你還沒死，我不是來帶你走的。」

諾德睜大眼睛。「那？」

「但你也不會醒了，會在那裡躺到死爲止！」

那不就是等死而已！「那你是先來通知我的？」

「因爲像你們這種還沒死就先靈魂出竅等死的人最愛鬧事，所以爲了減少麻煩，我們死神只好先來找你們，給你們一些幫助。」

諾德眼睛發光。「是什麼？」

「一、反正你不會醒了，乾脆現在直接死了跟我走。」

這哪是幫助！「那怎麼可以！那我弟弟、妹妹怎麼辦？」

「就是這樣！你這句話幾乎每個出意外的靈魂都會講！」

「因爲我們沒有親人了啊！我爸才剛死沒多久，現在連我都要接著死，沒有人可以照顧他們了。」

「所以，以前有很多例子，如果我們不幫忙，剩下的時間裡，你就會經常來煩我們。」

原來愛鬧事是指這種，這樣諾德覺得自己當然也要鬧。「那二呢？」

「找人替你死。」

「啊？那怎麼可能，誰會替我死。三呢？」

「沒有了，剩下的只有你自己慢慢等死。」

「啊！你沒搞錯吧！是你自己說要幫忙的，太沒誠意了！」

「我們只是在減少麻煩，不需要誠意。」

「那你不要先出現讓我看到，就不會被我煩了啊！」

「每天都有人死，我們死神無時無刻都在工作，想不被你們發現幾乎不可能，還不如我們自己先出現。」

說得好像被逼的一樣，諾德想了想，還是問清楚好了。「那二是怎樣的？」

「我會告訴你在什麼時間、地點，誰會發生意外，本來不會死，但只要你利用意外把對方弄死，他原本剩下的生命就會轉到你身上，你就會醒！」

「什麼！那不就是殺人嗎！」

「被死神選上的人，一定要死的！你不做，別人也會做。」

「別人？」

「昏迷等死的人不少。」

「咦！那、那、那！所以，你都一直挑人給他們當替死鬼嗎？平常發生意外死的，都是因爲被你指定抓去替死的？」

「沒有那種好事！發生意外不是死神控制的，我們只能事先知道，通知你們而已，至於誰能成功抓到，那是你們自己的事。」

諾德不認爲發生意外算好事。「聽起來好像是說如果我選這個，要和別人一起搶？」

「沒錯！」

「有多少人？」

「不知道！」

「啊？那你怎麼通知？萬一有漏怎麼辦？」

「靈魂們平常都聚集在一起，每個意外我只通知一次，不在場沒收到，是你們的問題。」

諾德看了眼弟弟、妹妹。「那有固定通知時間嗎？我只要那個時間去……」

「當然沒有！你們人類發生意外都固定時間的嗎？」

諾德被他回得自己像個笨蛋一樣，在弟弟、妹妹和死神之間來回看了幾次。「可以給我一些時間考慮嗎？」

「不能！那樣我還要挪時間來見你，我們死神很忙，對我來說，最簡單的做法，就是直接把你弄死帶走！以後就沒事了。」

諾德慌忙搖手。「不！不！不！因爲這麼突然，連個考慮時間都沒有，萬一……」

「你去那邊，不想做還是可以回來。到時候，要不要回來才是你真正該考慮的。」死神也看向床邊哭泣的兩個孩子。「你如果死了，誰也不知道他們以後會怎麼樣！」

諾德一震，無話可說。

◆

死神鐮刀揮動，在腳下劃出一座小橋，飄了上去。諾德回頭再看一眼弟妹，才跟過去。

「唰唰。」

噴水池的聲音，踏出小橋，眼前是一座巨大的圓形噴水池，被濃密參天的大樹包圍。不是昏暗、鬼火飄浮的空曠地；也沒有分隔兩岸，過去就再也回不來的河。

「是幻覺吧……」諾德喃喃低語。

池邊遊蕩的幾個靈魂一看到死神，紛紛靠近。

「這是你們的新夥伴，認識一下。」死神說完轉身又飄上橋，不見了。

諾德沒想到他走得這麼快，只好舉起手向大家打招呼。「呃！大家好，我是新來的，我叫諾德……」

但他還沒說完，大部分靈魂都散開了，只留下兩人。

「不是說要認識一下嗎？」諾德問留下來打量自己的人。

「他們只是來看死神是不是來通知抓替死鬼。」說話的是右邊四十歲左右的男人。

「小孩子在這裡算少的，你是怎麼昏迷的？」

「其實我也搞不清楚，好像是被馬撞到！」諾德現在才想到應該要問死神的。

「哦！那就是因爲事情發生得太快，還來不及知道怎麼回事就昏了。」男人指著右邊另一個二十左右的女人。「問她吧！她對來這裡的每個人都很了解。」

「你好！我是這裡的看守者，黛安，歡迎來到生與死的交界。」那女人微笑回應。

諾德退了一步，看守者，就是說她不是靈魂出竅的人。

黛安保持微笑。「你不怕死神，卻怕我嗎？」

「不是！對不起，是突然嚇一跳，因爲他說這裡是靈魂聚集的地方，我沒想到還有其他的……」

「你以爲會把你們帶來這裡就丟著不管嗎？」

諾德嘴角尷尬地浮起。

「先跟你大概介紹一下這個地方。」黛安轉身到橋頭。「這是你來的橋，要記清楚。這裡的橋很多，長得也很像，其中有一座橋通往地獄，萬一你走錯了，沒有人會救你！」

「什麼！那麼重要的地方應該有守衛吧！怎麼可以讓還沒死的靈魂隨便就過去！」

「有啊！可是你註定要死了，提早幾天進去沒差，死神還會很高興不用專程來帶你。」

男人也在旁點頭。「還有的人是自己想進去的，早點死了乾脆嘛！」

諾德認真地盯著橋前後左右每一個景象，強迫自己牢牢記住。

「你隨時都可以從這裡回去看你的親人，但你要記住，在你回去的期間，死神可能就會來通知替死鬼的事，當你再回來時，通常沒有人會補告訴你的。」

諾德欣喜。「所以我還是可以自由來回？」

「對！這座橋會一直存在到你真正死去或甦醒爲止。」

諾德奇怪地轉看旁邊的男人，男人知道他在想什麼。「這座橋每個人過去都會回到原來的地方，就算兩個人一起，也是過了橋就各自分開了。」

「那如果我的身體換去別的地方去的話？」

男人攤手。「還是一樣啦！就是只能回去原來的地方，因爲死神都說他很忙，我們的身體被弄到哪去，不是他管的，他沒空重新設橋啦！」

諾德又轉向黛安。

黛安一笑。「不好意思，我是這裡的看守者，管不到外面的事，所以我不會設。你擔心你的親人帶著你四處求醫嗎？」

「呃！不是！」他的弟妹哪有這種能力，可是那醫生說他救不了，應該會把他送出去吧？然後會去哪？

「最倒楣是被帶到遠方去找名醫。」男人像是在嘲笑。

諾德認爲這是家人的真情，不該說是倒楣。「你就是想說還是乖乖待在這裡，不要亂跑比較好吧？」

「不是！哈！要是發生這種事，就算你好運抓到替死鬼，也活不了，那就只好把替死鬼交出來給我們了。」

諾德的弟妹辦不到這種事，但這語氣還是讓諾德聽得不大舒服。「爲什麼？」他看向黛安，想聽她正經的回答。

黛安看著橋的對面。「只要你成功抓到替死鬼，你就可以馬上回去身體裡，但你要自己回去，死神不會替你架橋。」

「就是說萬一你被帶去遙遠的國度，你只好自己想辦法千里迢迢回去你的身體啦！只不過身體明明就可以醒了，靈魂卻拖拖拉拉不回來，身體等不了還是要死啦！」男人又幫忙補充諾德根本不想聽的話。

諾德懷疑這男人跟在旁邊是故意要多話打擊他的，他想反正沒人會把他的身體弄去多遠，不要管他，再多看橋幾眼，就跟黛安說可以繼續介紹其他地方了。

黛安接著往噴水池去，那裡有不少靈魂，有的在玩水，有的坐著聊天，有的在旁邊散步，看起來就像普通世界一樣。

「大家看起來處得不錯。」諾德稍微放鬆，本來擔心靈魂之間要搶奪替死鬼，一定很難相處。

「那是因爲現在閒著也是閒著，不找人聊天沒事做。」男人又在旁說：「等有替死鬼就不是這樣了，這裡的每個人都是敵人，不要太大意。」

「是、是。」諾德停下腳步，轉向他。「我知道你也是敵人。」

「當然啊！搶的時候，沒有人會因爲你還小就讓你的啦！」

諾德先是意外他老實承認，才想到這應該是警告。

「這座水池也要記清楚！」黛安說：「以後死神來通知抓替死鬼的時候，會從這個水池讓你們看到對方的長相和動手的地點。記住，只說一次，錯過通常沒人會告訴你。」

諾德這下知道池邊靈魂爲什麼這麼多了。「所以大家平常都聚集在這裡？」好像才十幾個人而已。

「大部分，有人暫時回去了，有人不想抓替死。」

「不想抓還會留在這裡嗎？」

「這要問他們哦！」

黛安說完又往前進，諾德跟著左拐右彎，很少再看到靈魂，只覺這地方路徑十分複雜。

◆

又是一座水池，上頭有一座小橋橫跨兩端，黛安飄上橋中央。「這座池可以看到你是怎麼昏迷的，要看的時候，站到這裡，看著池水，專心想你要看你昏迷的過程。」

諾德三步併兩步上去。「想看什麼都可以嗎？」他想看弟弟、妹妹。

「不行！只能看昏迷過程，因爲池只有一座，什麼都可以看，會有人占據不放。」

黛安打斷諾德的希望。

「所以這裡水池特別多啦！」男人則給他一點小希望。「每個用途都不一樣，你想看的一定有，只不過多到記不清楚哪個是哪個，以後你就會因爲要抓替死鬼，太忙不想看了。」

「要現在看嗎？還是等會你再自己回來看？」黛安問。

「現在！」自己回來一定會迷路的！

開始和諾德記得一樣，大雨打得街上霧茫茫的一片，路上人很少，每個都加快腳步，急急忙忙在找地方避雨，包括他在內。

「快閃開！」尖叫聲起，池水中，那個一頭粉色長髮的女孩突然出現，衝向他，緊接著一匹馬快速疾衝奔過。

「怎麼不是天使？」諾德回想記憶中的景象，同樣是粉色長髮，但現在看來一點飄逸感也沒有，因爲雨下得那麼大，頭髮都貼身上，飄不起來。

而那張先前怎麼想都很模糊的臉，現在因爲被大雨打得滿臉水，像落湯雞一樣，還是看不清楚，也沒有天使的美感。

女孩把他撲倒，翻滾了幾圈，停下時，諾德壓在她身上，狂奔的馬又衝回來，直往他背後踏下，正好踏在心口位置。女孩驚叫，他則當場昏過去。

「好倒楣！那女生白忙一場。」男人發表看後感想。

「幹嘛又跑回來？」諾德歪著嘴，他可以想像那是一匹被嚇到四處狂衝的馬，衝到沒路又轉回頭。

「真可惜！如果沒有那個女生的話，有這種意外，死神一定會通知我們去抓替死鬼。」男人嘆息。

諾德猛地轉頭看他，又轉向黛安，看到對方點頭附和。「沒有錯！所以你還是要感謝那女孩。」

那是一定要的，只是想到原來自己也差點就被抓去當替死鬼，諾德的笑容是硬擠出來的。

而且，有點失望，原來不是天使啊！大概是因爲危急時刻看到有人來救自己，才會誤會吧！「那個女孩是誰？她現在怎麼樣了？」

「她受了點小傷，被家人帶回去了。至於她是誰，不能告訴你，我們不能向你介紹你原本不認識的人。」

「哦！」諾德看著恢復爲水面的池子，發現不是天使，他也沒很想知道了。

二、下不了手

後面黛安介紹的地方，諾德只關心通往地獄的橋和可以看到家人的池，那座池的大小如同普通院子裡的小水塘，池邊坐了個老伯，看到他們來，靜靜地站起來退開。

諾德心想人家特意讓給自己，應該表示一下謝意，就向他鞠躬：「謝謝老伯。」但鞠完躬抬起頭，諾德就渾身定住，老伯投給他不善的眼神，好像在要他快滾。

「不用理他啦！他看誰都不順眼。」男人又主動解說：「他是在這裡待最久的人了，因為太老啦！跟誰搶都搶不贏，只好不甘願地一直在這裡看家人，不去搶替死鬼了。」

「那不能讓他一下嗎？」諾德沒有多想地順口一問。

「啊哈哈！果然小孩子想法就是天真，他還會昏好幾年，是我們這裡時間最多的，幹嘛讓他？而且他都那麼老了，回去也活不了多久。」他盯著諾德。「就算時間少也不能讓，要是讓了，誰知道下次要等多久才會有替死鬼，萬一等到我們都沒時間了怎麼辦？」

諾德一驚一愣的，平常都說要幫助老人家，但這時他想反駁卻什麼也說不出來，他也是要抓替死鬼的人，能說什麼！就算到時候他願意讓，別人不讓又有什麼用？

諾德望著老伯的身影，忽然覺得他有點孤單，後來看水塘裡，弟弟、妹妹還是在那間診所裡哭，也沒有想再多看的心思，反正再看也是那樣，還是讓給老伯吧！

◆

這座池是介紹的最後一個點，諾德覺得這一定是故意的，剛來的人一定都會忍不住在這裡看很久吧！然後……

「我先回去了，你可以自己到處走走看看，熟悉一下。」黛安說完就從諾德眼前消失了。

諾德沒有太意外，死神也是一帶他來就跑了。通常來說，就算現在立刻回去，也不太可能記得路，何況要是真的看了很久才回去，那大概連第一步要往那邊踏都不知道了。所以他只好轉向旁邊他不太喜歡的男人。「那我們一起回去吧？」

「咦？你不再多看會嗎？」

「不用了，我想快點回去。」

「唷！很有幹勁，適應得很快嘛！好啊！那就快回去吧！說不定這時間死神就來過了。」

「咦？會這樣？」

「誰知道？你要跟好啊！」

諾德快步跟上去，想到死神早說過，誰知道意外什麼時候會發生，只有一直待在入口的噴水池那裡，才能保證不會錯過任何通知。那這個男人明知道可能會這樣，還跟來，看來他只是嘴巴壞了點吧！

◆

聽說越害怕發生什麼，就真的會發生什麼！所以一直在擔心迷路的諾德，真的迷路了。

「大叔？」諾德左右看。「大叔？」他們一路聊天過來，看到剛才介紹過的地點，順便複習一下，但是怎麼一轉眼，諾德就發現前後左右怎麼看都只剩下他一人。

「大叔！」

沒有人回應。

最糟的是這裡有三條路，而且在諾德走來走去大喊的時候，他已經連他是從哪一邊來的都分不清楚了。

他馬上想到通往地獄的橋，這樣下去，萬一認不出就走過去怎麼辦。「大叔！」這次拉長了尾音，叫了很久。

諾德很希望至少有個鳥叫聲回應他，可是沒有。

好安靜，好孤單，好恐怖！留在這裡等，大叔應該會發現他不見回來找吧！可是天色有點昏黃了，如果等太久，天黑了，出現野獸……但願這地方沒有野獸。

看看右前方的路，靠近幾步，聽了聽，不像有人。

等一會，再走到左邊的路，也聽一下，沒有腳步聲，再多聽一會，就是只有樹葉沙沙聲。

看右邊，那是剛才聽過的，那再換後面的路，樹葉聲、樹葉聲，就是沒有別的……

諾德回到路口中央，再把三條路看了再看，還是只能長長地嘆氣，慢慢坐到地上，等等看誰會經過吧！總比自己亂走安全。

天色漸漸由昏黃轉爲昏暗，再過不久就會完全看不到了吧！諾德閉上眼睛，不想再看了，乾脆睡一覺，醒來就天亮最好了。想著，他真的把身體往地上倒。

「跟過來。」

諾德瞬間跳起來，是誰！他左右急找，很快看到眼前有個背影。

「你怎麼突然冒出來，走路要大聲一點！」

那人回頭看他，正是先前在池邊看過的老伯。

「你最好快點習慣用飄的。」

呃？諾德看向老伯的腳下，再看自己，啊！對哦！他現在是靈魂，用飄的哪有腳步聲。

「啊哈哈！不好意思，那個，我迷路了，請問可以跟著你走嗎？」

老伯回頭繼續前進。「跟過來。」

諾德這才反應過來，一開始聽到他聲音就是這麼說了。

前面的老伯速度比他快很多，諾德在想是因爲他習慣了，還是靈魂不分老幼，老人家不會比較慢？

他緊張地跟在後面，深怕天色愈來愈暗，看不見，又跟丟了。

不過，其實好像已經夠暗了。「呃！那個請問一下，我們這樣是不是好像晚上也看得清楚？」

「鬼都是晚上出現的。」老伯冷冷地丟來這句。

啊！是啊！晚上出現怎麼可以看不清楚……「我還不是鬼，還不想當鬼。」

老伯沒有回話。

諾德覺得氣氛沉悶，好不容易才聽到了噴水池的巨響，今天看到好幾座大大小小的噴池，但入口那座最大，聲音也最響，他確信一定是要回那裡了沒錯。

◆

靈魂們比白天更加密集，諾德聽見熟悉的聲音。

「你們兩個剛好趕上，快點過來！」

是骷髏頭死神，正在噴水池前，諾德趕緊過去，奇怪地發覺這個死神不像是之前那個。

「要開始了。」死神把鐮刀往噴水池一揮，水幕中出現一張地圖。接著鐮刀朝圖中右上的位置一點，畫面變成一座小農莊，還沒等諾德看清楚，景象快速拉動，停在一個房間裡，有人躺在床上。

「她就是這次的對象，明天替她買藥的人會在路上和別人相撞，把藥落在地上，那片地因為更早先的意外有殘留毒藥，當藥撿回來的時候，也會沾到毒藥，你們只要讓毒藥沾得更多，就有機會把她弄死。」

鐮刀再度一揮，水幕恢復成原先的噴水池，死神轉身迅速往入口的橋飄走。

其他的靈魂全都快速跟在後面，沒多久，諾德就發現池邊只剩他、老伯和黛安了。

「都跑光了？呃！是我有聽漏還是看漏嗎？那個地方是哪裡也沒說清楚，人也看不清楚。」

「已經用地圖點出了唷！」黛安笑著。

「那麼快看不清楚啊！」諾德頂多只認出那是自己住的城市，帕里城。

「你有二十四小時的時間可以找，超過就沒機會抓了。」黛安轉向入口的小橋。

「另外，提醒一下，我想你應該還沒想到，你過去以後是回到你來的地方哦！」

「我知道，我還記得。」

黛安看著他微笑。

「怎樣嗎？」諾德覺得她的笑裡別有意思。

「每個人都必須從自己來的地方去找到那個地點。」老伯口氣冷淡，也往小橋飄去。

「什麼！那我不知道要怎麼去怎麼辦？而且我也不知道我住的那間診所在哪裡！」

「大家一開始都是這樣的哦！」

諾德忽然很討厭這個用笑容講出這種話的女人。

「那如果有人來的地方離那裡很近，也太不公平了！」

「爲什麼要公平？」

這……諾德一呆，也對，抓替死鬼又不是好事，講什麼公平。

他只好又一次嘆氣，往小橋前去。

老伯停在橋頭，諾德剛想問他怎麼還不走，就見他伸出手。「牽好！」

「啊？爲什麼？」

「牽好！」

諾德只好伸手給他，可是，不是說每個人走過去都是回到自己來的地方嗎？

◆

陌生的房間，陌生的女人，諾德眨著眼睛左右看，床邊有個女人拿湯匙舀東西慢慢餵給床上的人。

諾德探頭去看，老伯又發話。「跟來。」

諾德看到床上那個人就是老伯，他趕緊跟著穿出牆。「那是你家嗎？爲什麼我會來這裡？他們明明說……」

「兩人碰在一起時，以先下橋的人爲準。」

老伯往上飄，諾德跟上，看著屋頂在自己腳下，不禁發聲讚嘆。「原來是這樣，黛安說的我大多忘了。」

「她沒有說，要自己摸索。」

唔，就像隨便在地圖上指個點，就要人去找出來一樣嗎？「自己摸索完都不知道還有沒有時間，而且這樣的話，剛才他們一群人一起擠上橋，應該都有碰到吧？」

「上橋擠，下橋會注意，但他們大都以爲是大家一起過會混亂。」

諾德心驚又慶幸，看樣子以後不能隨便搶先。「請問，你是要帶我去哪裡？」

「多看少問。」

用問的比較快啊！諾德剛想反駁，老伯又繼續說了。「問到的話沒有幾句能相信的。」

諾德一時沒聽懂。

「有很多靈魂困在樹林裡，直到時間結束爲止。」

是嗎？那真可憐，不過突然說這個是？「你是說，那個人故意把我丟在樹林裡？」

「他在那裡的時間只比我短，困過不少靈魂。」

諾德心驚。「那你以前也都會像這樣救人？」

「少問多看。」

好好回答很困難嗎？諾德回想那個大叔對這個老人家的說法，可能也是騙人的，雖然老伯沒說，但他覺得他們現在是要前往死神指的地點。

◆

出了城，諾德才想到當時地圖指的位置是在城外東北方向。他從小到現在，還沒有自己出城過，每次都是爸爸帶他們出去的，大都是去城南邊拜訪朋友，順便到那附近玩，和這邊方向完全相反。

帕里城四周都是農場，白天的時候會有些牛羊被放出來活動，現在四下都靜悄悄的。

還好有老伯帶路，諾德望著前面只管一直飄的背影，希望他不會和那個大叔一樣搞鬼。

飄過小小起伏的丘陵，飄過那條南北向的小河，諾德開始抱怨，怎麼這麼遠啊！以前爸爸帶他們到城南外玩，他最喜歡小河邊了，但是因爲太遠，一大早出發，快中午才會到，爸爸經常說等有空再去。

過小河還不知道目的地到底多遠，諾德腦裡浮出死神當時指的位置……咦！好像已經很靠近地圖最右上頂端，過河還要很遠很遠，就算用飄的比較快，到的時候也八成天亮了。

「老伯，每次替死鬼都離這麼遠嗎？」
「意外發生在哪裡是不可控制的。」
唔，好吧！「那會不會有地方遠到來不及去？」
「拖延、迷路、你不想去，就會來不及。」
直接說不會就好了，諾德覺得老伯有時話太少，有時又太多。

◆

靠近一座小山坡上的農莊，老伯進去繞著屋外飄，有窗戶就往裡頭看。
諾德心喜，是到了吧！他也跟著看，猜想應該是要找死神給他們看的那個房間。
後院左側二樓裡間房，看一眼就確定是了，因為裡面已經有兩個靈魂在。
老伯進去，諾德馬上跟進去。
「新來的這麼快就到了？」一個年輕的男性靈魂說。
「有老先生帶路，到哪都快！」另一個年輕女性靈魂說。
男性看著諾德。「這位新來的一定有說要把替死鬼禮讓給老人家先？」
諾德剛想回問他怎麼知道，女性呵呵一笑。「不用太驚訝，每次新來的只要說這種話，老先生就會幫忙，但是你可不要以為這樣就能搶贏。」

諾德終於懂了老伯幫他的原因，雖然他講話口氣很冷，不過應該是不會搞鬼沒錯了。「但是，既然這樣，爲什麼不自己搶？」

老伯移到牆邊，沒說話。

「他不想搶啦！很多老人家都這樣想。」女性幫他說明。

「小弟，不要管他了，既然你來了，我們商量一下。」男性向諾德招手。

聽起來不是好事，大家要互相搶，有什麼好商量的。「商量什麼？」

「先問一下，你還有多少時間？」

「一個月。」

「那算普通，先自我介紹，我叫潘迪，只剩十天而已，這位是安婭，一個月多。我們說好了，她要先幫我搶到替死鬼，你也幫幫我好嗎？」

諾德看向安婭，不太相信靈魂間會真心幫忙。

潘迪看他不說話，就繼續說：「我想這家的人應該天亮以後才會出去買藥，那時候一定還有些人還沒到，到時候我跟出去，你留在這裡，跟後來的人說這家人還沒出去，安婭則是也出去，看誰在半路上，指引他們錯誤的路。」

「那天亮之前來的人呢？不可能大家都答應吧？」

「會看人，因爲我們都來一段時間了，大概知道誰可能答應，誰一定不會！不會的就不說了。」

「要是你覺得會答應的不配合呢？」

潘迪兩手一攤。「那只好算他倒楣。」他看向牆邊的老伯。「因爲老先生在這裡，騙不過，所以跟你講，那個生與死的交界裡很多植物有特別的功效，比如說讓靈魂暫時休息之類的。」

諾德驚嚇後退。「如果我不答應，你就會用那個對付我？」

「不！老先生一定有解藥，他幾乎把那裡每個池、每種植物的功用都摸得清清楚楚，所以我才跟你談啊！不然一開始直接用就好。」

諾德決定，從今以後！他要巴著老伯不放。「好吧！」反正他本來就沒妄想才剛來第一次就成功，看看別人怎麼做也好。

◆

諾德靠近床邊，最先注意到的是粉色頭髮，再看鵝蛋型的臉很蒼白，和他的天使一樣。

「她受傷了嗎？」諾德問旁邊的兩人。

兩人奇怪，同時看向床上，安婭問：「哪裡看出來她受傷？」

「沒有！我只是問問。」

安婭「哦」了一聲。「我看來她應該是長期身體虛弱臥床的，這房間的藥味很濃。」

那就不是天使了，這樣的人怎麼可能白天會到那麼遠的城裡去？本來就是問問而已，諾德不認爲會那麼幸運這麼快就再見到天使，而且她看起來大概十一、二歲而已，一定看到馬衝過來就嚇傻了，更不要說提起勇氣衝過去救陌生人！

◆

天亮之前，來了四個靈魂，前兩個都答應了提議，第三個還沒講完，第四個來了，潘迪馬上住嘴！安婭迅速揮手灑出藥水，讓第三、第四個一起軟癱下去，變得像薄紙一樣鋪在地上。

其他人先是一嚇！才想上前去看是誰，安婭就已經把他們一手一個撿起來，飄出窗外。

「是他！幹得好！他一定會先假裝答應，卻又事後搞鬼。」兩個靈魂對潘迪豎起拇指。

「那個人很討人厭嗎？」諾德問：「她要把他們帶去哪裡？」

「藏起來不要被等一下來的發現。」潘迪回：「你沒看清楚嗎？他叫尼曼，就是昨天把你丟在樹林裡的人，很多新來的都被他丟過，他很會騙人。」

「那他為什麼到現在還沒抓到替死鬼？」

「他就愛耍使小手段，當然贏不過我們大家一起合作。」

說得好像真心合作一樣，諾德心想這些人明明知道那個人要把自己困在林子裡，也沒一個來救。

◆

清晨的微光照入窗內，潘迪和安婭離開去觀察誰要出門買藥。

床上的女孩翻了身，把諾德嚇得左右找地方躲藏，看其他靈魂都沒反應，才想到人家看不到他。

外頭早晨的忙碌聲紛紛響起，窗外有白煙飄過，諾德到窗邊順著來源看過去，煙囪那個地方應該是廚房，不知道弟弟、妹妹今天吃什麼！醫生那邊會準備吃的，還是那個應該是馬主人的會多少幫一下忙？看他昨天的樣子，好像不是會推卸責任的人。

敲門聲響起。「姊姊，妳醒了嗎？」男孩子的聲音。「我進去囉！」

推門進來的是個十歲左右的男孩，端著洗臉盆放到臉盆架上。

床上的女孩轉頭看他，諾德才發覺她醒了。

男孩走近她。「要扶嗎？」

「不用，再躺一下。」

男孩坐在床邊。「爸爸今天要再進城去幫妳買藥，剛才媽媽要煮藥發現昨天買的藥有少，可能因為昨天太緊急了。」

「少多少？一點沒關係吧！」

「妳去跟爸爸說。」

女孩把頭轉向另一邊，不說話了。

諾德看看其他靈魂，都沒什麼特別反應，是他們沒仔細聽嗎？爸爸，這樣如果抓替死鬼成功的話，在人們看來，是爸爸意外毒死了女兒啊！

他不安地從窗戶飄出去，把這小農莊每個角落、每個房間都看進去，這種規模，應該至少會有四五個幫傭吧！用不著主人自己去啊！

被幫傭毒死當然也不是好事，但是一定要死的話，總比被自己爸爸弄死好。

沒找到像幫傭的，廚房裡的婦人應該是這家的媽媽，馬廄裡餵馬的人，則像是農莊主人，潘迪和安婭都在旁邊守著他。

「好好吃，吃過早餐我們就出發，今天要麻煩你跑快點，抱歉，都是我昨天太大意。」主人輕拍其中一匹棕馬，再稍微看一下其他馬後才離開。潘迪和安婭只當諾德是來看看的，點頭示意就跟出去了。

◆

早餐的桌上，諾德看他們一家四口，爸爸媽媽不時關心女兒該多吃什麼、少吃什麼！連弟弟偶爾也要插一句：「這妳不能吃，我幫妳吃！」就拿叉子往姊姊正要叉的烤派一刺，送進自己嘴裡。

這和樂融融的畫面，今天就會結束。

諾德忽然想告訴主人不要出門，少了藥總比帶回毒藥好。

他張了嘴，可是現在不只潘迪和安婭在旁邊，其他靈魂們也都跟著女孩過來了，而且，說了人家也聽不到。

他想到他的天使，爲了救他這個陌生人，不顧被馬撞傷的危險，他現在卻做著要把別人害死的事。可是如果不做的話，弟弟、妹妹以後該怎麼辦？

諾德垂下頭，再看一眼只能活到今天的女孩，轉身離開了。

欺騙後來的靈魂的事，交給別人吧！今天他什麼都不想做了。

◆

眼不見爲淨，諾德到外頭四處閒繞，看綿羊、麥田、果樹……

看到姊弟倆送爸爸出門時，他避開了。

看到弟弟陪姊姊四處散步，他避開了，避了好幾次。

他想乾脆直接回生與死的交界地，但一路遠來，他記不清路，去找老伯帶他回去，以爲老伯既然不抓替死鬼，一定說好，可老伯說來了就要看到結果。

◆

弟弟要和狗一起趕羊去吃草了，吩咐姊姊回房休息，諾德希望她進去後就別再出來讓自己看到了。

後面有其他靈魂陸續到來，諾德都閃開不理。

再後來他看到幾個靈魂氣沖沖地快速飄出去，他們等了好久等不到有人要出門買藥，當然就發覺被騙了。

午餐後，和早上一樣，女孩由弟弟陪著出去散步，才再回房。

下午聽到由遠而近的馬蹄聲時，諾德緊張了，想要避開，又想看結果。

潘迪和安娅，還有幾個不熟的靈魂跟在後面，靠近時，潘迪對諾德比了勝利手勢。其他靈魂的表情，有的無奈，有的不爽。

守羊的弟弟遠遠地飛奔過來幫忙拿東西，兩人一路聊天，直到門口，爸爸把馬牽回馬廄，弟弟則進了門。

靈魂跟著弟弟去了，諾德遲疑一會也跟過去。

弟弟把藥交給媽媽去煮，轉去姊姊房間。

多數靈魂都轉向房間，只有潘迪跟著媽媽，諾德想他是怕出狀況，要守藥到最後。

他不想看到那女孩的最後，但也不想什麼都不知道，就到了女孩房外，沒進去。

「姊姊，爸爸回來了，藥我拿給媽媽了。」弟弟拉了張椅子到床邊。

「哦！」女孩半坐起來，背靠枕頭，低垂著頭。

「爸爸說他有去看昨天那個男生，還是沒有救，他又拿了一些錢給他的弟弟、妹妹。」

「又給？」女孩這才抬頭看弟弟。

弟弟有點爲難。「爸爸說昨天太急沒想太多，只是幫忙，後來想了想……嗯！他說如果妳沒去推那個男生，說不定他就不會被馬踩傷得那麼重。」

咦！外面的諾德猛地驚起。
「才不是！你們沒有看到啦！那匹馬真的直直朝那個男生衝的！」
「爸爸說……那匹馬瘋狂亂衝的，會怎樣很難說。」
「反正就是想說人家說不定本來不會怎樣，是我多事把他害到要死了！」
不是！不是！黛安說如果沒有她，他就會被直接撞死了。諾德慌張了，那個天使怎麼是個這麼小的女生。
「爸爸說不一定啊！總之跟我們有關，就幫忙多出點錢，因爲他們沒有爸爸媽媽了，那個馬主人好像也拿不出多少錢。」
諾德絕不會認爲他們說的是剛好和他一樣的別人，不行，他轉看廚房方向，要去阻止！
他穿過牆，很快飄到廚房門前，眼看就要進去時，卻又停下來，不對，他伸手向牆，穿過去了……他碰不到東西啊！
他進了廚房，媽媽在煮藥，他伸手過去，果然摸了空！
「你在幹嘛？」潘迪問。
諾德只看他一眼就出去了，說出來大概會被灑那個變紙片的藥吧！還是找老伯問比較安全。

諾德快速飛進女孩的房間，拉了老伯就往外飛，其他靈魂雖然疑惑也不管，反正現在毒藥是誰加的，已經改變不了，不用管別人想做什麼。

諾德把老伯拉到農莊後面的小樹林才停下，左右快速看看，沒有其他靈魂，就急著開口：「老伯，你知道有什麼方法可以讓我碰到東西嗎？還是有方法阻止那個女生喝下毒藥？」

老伯眼神一亮，也左右查看，小樹叢裡也檢查。「早上兩個靈魂安婭不知道丟去哪裡，小心一點。」

諾德佩服他的小心，也照著再重新細查。

兩人都沒找到，但還是壓低聲音說話。

「爲什麼忽然想阻止？」

「她救了我，黛安說因爲她救了我，我才沒馬上死，所以我不能不救她！」

老伯點頭。「可以學習操控東西移動的。」

「要學多久？」

「看要學到什麼程度，只要會動就好，大概幾小時；要控制到很順，要多花幾天練習。」

老伯看向農莊的方向。「如果你怕來不及，我幫你打翻？」

「真的嗎？太謝謝你了！那我們現在就走！」

「還不行！抓替死鬼的時間是死神通知後二十四小時，還記得昨天是什麼時候嗎？」

不知道，他從出事以後的時間全都不知道。

「是晚上！現在天還沒黑！」

諾德恍然大悟。「所以他們藥會煮到晚上嗎？現在先弄翻不行？」

「我不知道會煮多久，現在弄翻，還有幾小時可以重煮。」

諾德帶著崇拜的眼神看老伯。「對！對！還好老伯你有想到。」

高興之下，緊張不再，諾德也就冷靜多了。「可是，我記得剛見到死神的時候，他好像有說被死神選上的人一定要死，這樣真的會成功嗎？」

「做了就知道。這段時間你要先學操控東西移動嗎？」

「好！」

◆

事情沒有諾德以爲的順利，藥碗端在農莊主人手上，他相當小心，發現碗要傾斜，連忙握緊，兩手護住。

諾德急得大叫：「鬆手啊！那是毒藥！」

人沒聽到，靈魂聽到了，諾德大感不妙。

「你們做什麼？」堅守著藥的潘迪很不高興。

諾德只錯愕一下。「你不能弄死那女孩，她是我的天使！」

「天使？你是被誰下了什麼怪藥？」他說著手裡也出現一瓶藥水。

老伯一樣手裡有了藥水，擋到諾德前面。「不要亂來！」

潘迪看了他手上的藥一眼，再看向逐漸走遠的農莊主人背影，迅速飄越過他們。

「不要來亂！」

諾德和老伯追到房裡，女孩已經端著藥碰到嘴唇，老伯再次比手勢操縱要翻倒，女孩驚呼，旁邊的爸爸和弟弟同時伸手扶住碗。

女孩眨眼看著藥。「我覺得好像碗突然被推？」

爸爸更加緊護藥。「爸爸也覺得怪怪的，總之妳快喝吧！」

老伯更用力要翻藥，潘迪則舉手要把藥送進女孩嘴裡。「安婭！快來幫我！」

二對一，諾德擔心了，看其他靈魂沒想插手，他稍微安心一些，有點也想出手幫老伯，但剛才在樹林裡，他只勉強練到幾次動一下就停。

老伯看出他想出手。「一起來試試看。」

諾德得了鼓勵，伸出手，學老伯做出要翻倒藥碗的手勢，專心想著「把碗翻倒」。

父子三人也很用力。

「爸爸，你是不是在城裡遇到什麼奇怪的魔法師啊！怎麼這麼奇怪！」弟弟盡力托住碗。「姊姊妳不用出力，我們來就好。」

「說不定是有鬼在亂……」女孩的話把在場的靈魂們都嚇到了，對拼的雙方力量因此一停，藥碗被爸爸和弟弟忽然用力過猛，倒往女孩嘴裡，她嗆得連咳幾聲，嘴邊都濕了。

弟弟趕緊拿手帕幫她擦乾淨，爸爸拿過藥碗起身。「不要常說鬼，我再去要妳媽重煮。」

「不要啦！我有喝到一些了。」

「不夠量不行！」爸爸出去了。

「分次喝也不好啦！」女孩朝門外喊。

有喝到，潘迪歡呼，諾德垂頭。

女孩在床上躺好，拉好被子，手忽然一頓，五官皺在一起，床邊的左手顫抖著要去拉弟弟。

「嗯？姊姊妳怎麼了？」弟弟忙握緊姊姊伸過來的手。

女孩嘴巴開開合合，說不出話。

「爸！爸！」弟弟大喊，感到手上力量沒了，轉頭一看姊姊的手已經鬆軟。「爸！姊姊昏倒了！」

潘迪得意地笑，諾德想走了。

「咦？」幾個靈魂同時驚呼。

女孩的靈魂從床上飄起來，環視四周。「我就說是鬼在亂！」

靈魂們視線一致，全看向潘迪，才喝到一些就死得這麼快，可見毒藥量很大，連最靠近潘迪的安婭都退遠了點。

潘迪才不在意，死神沒說那是什麼毒藥，也沒說要多少才會死，當然要弄愈多愈好。

「咦？」這次是女孩的聲音，房中央出現了死神。

女孩眼睛大亮。「嗨，又見面了，你這次來我這裡，是來帶我走的！對吧？對吧？終於，等好久了！」

靈魂們你看我，我看你，諾德眼睛直眨。

「不！妳還沒死。」

女孩臉上的歡欣馬上消失了，回頭看床上的自己，再看死神，再轉身去看自己身體還有呼吸。「那你就是預先來等的，沒關係，我們不要浪費時間，現在就可以走了。」

潘迪的臉色難看了，他瞪了諾德一眼，往外飄走了。

安娅隨後跟出去，其他靈魂紛紛離開，有個靈魂經過諾德時，說：「你完了，你害我們多一個對手，大家不會放過你的！」

諾德不解地看向老伯，老伯微笑。「她變成我們的夥伴了。」

三、有仇好下手？

諾德的天使消失了，愛薇，那個臭丫頭！竟然說她推他是因爲想自己被馬撞死！所以那時才會露出笑容。

天知道！諾德竟然腳滑害他們翻了好幾圈，害馬撞不到。現在，她好不容易要被毒死，卻又被他阻止了，他一定是她的災星！

不過她大人大量原諒他了，死神說她再也不會醒了，這次真的要死了，雖然還要再等。

諾德明明記得當初死神有說可以讓他直接死，黛安也說死神會很高興有人自己走上地獄的橋，但是這次他一句也沒聽到死神跟臭丫頭說這件事。

他拒絕讓她直接死，問她想不想去生與死的交界。

「好吧！好吧！反正是等死的人待的地方，我就勉強接受。你老是那麼難講話，直接把我帶走，你就可以不用再跑一趟啦！我幫你省事耶！都聽不懂。」

之後死神就幫愛薇畫了橋，告訴她可以自由往返就消失了，沒帶她過去。

諾德沒有看到橋，老伯走向愛薇，伸出手。「孩子！可以帶我們一起過去嗎？」

愛薇握住他的手。「我知道！要牽手你們才能過我的橋。」

老伯再伸手招諾德一起，諾德的手和他接觸時，才看到橋，恍然大悟，不然！就會到處都看到這種橋了。

◆

「哇！」一過橋，愛薇猛然驚叫。

諾德看到她撞到人，橋頭忽然冒出人，不！應該是那個人剛好同時間過橋。

「抱歉，嚇到妳了！」被撞到的女生讓開，轉頭回來向愛薇行禮。

「啊！不！不！是我撞到妳，應該是我道歉，對不起。」愛薇也趕快向那人行禮。

諾德意外原來這裡還是有懂禮貌的人，人也長得很美，大概十七八歲的樣子，頭髮挽在頭上，只有耳鬢兩旁各垂下一綹捲髮，很有氣質的樣子。

「我們要不要去森林裡聊？這裡隨時有人會來。」被撞的女生提議。

可是黛安不用先過來跟愛薇介紹一下嘛！諾德看向池邊，沒人！黛安也不在，整個入口空蕩蕩的。

「其他人都要從自己的橋回來，還要一段時間。」老伯說明。

好吧！那黛安先不管，愛薇都早就認識死神了，說不定也認識她。那這個被撞的女生這麼快就回來，是她的橋離愛薇家很近？

那女生在前面帶路，愛薇飄到她前面去看她。「那個，我覺得妳長得好像一個人！」

「那應該就是吧！我叫娜希雅，妳好。」

愛薇興奮拍手。「果然是翡翠劇團的娜希雅小姐！我有去看你們表演哦！第一天我就去了，我好喜歡妳跳的舞。呃！但是，為什麼妳會在這裡？」

諾德知道那個劇團，前陣子到城裡表演過，本來爸爸答應會帶他們去看，但等到劇團來時，他已經病倒在床上，沒空去了。

後來，那個劇團在一次表演時，舞台意外裂開，當家舞姬摔落重傷，劇團提前結束表演，不久就離開了。

諾德想是愛薇家太遠，消息不靈通，才會不知道。

娜希雅無奈微笑。「摔到頭，還有很多大小傷，醒了以後靈魂也回不去，所以就來了。」

諾德吃驚。「醒了？」

娜希雅帶他們到噴水池後左邊轉角不遠，大樹下一片草地，她先請老伯坐，再要諾德和愛薇也坐。

老伯替雙方介紹，順便報上自己的名字，傑羅姆。

娜希雅訝異。「妳第一次來？」

愛薇歡快地點頭。「是啊！要麻煩你們幫我介紹哦！」

娜希雅疑惑地看向老伯，通常他能回答各種疑問。

「這女孩自殺心意堅定，所以死神沒有告訴她替死鬼的事，而且看來她和死神認識，所以也不用多介紹。」

「嘿！老伯你不要亂講，我才沒有想要自殺！」愛薇翹起嘴。

諾德拍額。「妳明明就自己說妳故意要被馬撞死，還叫死神快點把妳帶走，還說沒有！」

「嘿！被馬撞死怎麼會算自殺啊！是馬殺了我！」

是妳把馬當凶器自殺才對吧？諾德怕說出來被反駁會沒完沒了，只在心裡唸。

「那爲什麼會認識死神呢？」娜希雅轉移話題。

「我常常昏迷，靈魂出竅很多次，看過他們很多次了。你們知道嗎？我平常都被關在家裡，我們家每個人都會騎馬，連我弟弟都會，只有我不會！每次出門都要搭馬車，連小跑一下他們都會緊張個半死！可是……」愛薇浮上空中轉了兩圈。「靈魂出竅的時候，我要怎樣就可以怎樣！所以我都會趁這個時候到處去看看，就有一次剛好看到死神帶走死人靈魂，就去問他可不可以帶我一起走……」

諾德忍不住了。「妳家人那麼照顧妳，妳怎麼可以這麼想死！」

「死了他們就不用照顧了，很好啊！以後就再也不用花一大堆醫藥費了，我們家的錢都被我花掉一大半，幫傭全請走了。」

呃……諾德本來覺得她只是受不了病魔糾纏才想死，但是說到錢，他爸爸也是為了賺錢，太過勞累拚命才會病死。

「反正他們每個都很難講話，都不答應！所以我每次靈魂出竅都會到處找他們，聽他們跟人說過這個地方，所以知道你們去我家幹嘛的啦！」

諾德想她八成期待被抓去當替死鬼很久了。

「只要昏迷就會靈魂出竅嗎？」娜希雅總覺得不會這樣，不然應該會聽說很多靈魂出竅的故事。

「不一定的！看狀況，也看人，就像妳醒了，靈魂回不去的也不多。」老伯回答。

說到這件事，諾德和愛薇同時看過來。

娜希雅低垂著頭。「我醒了以後，他們說我像個白癡，誰叫都不會回應。」她停頓了一會。「我覺得我這樣應該不會死的，所以常常回去想試試看能不能回身體裡。」

諾德這才懂了，她是剛回去看她的身體回來，不是去抓愛薇回來的。「那妳為什麼要來這邊，不一直留在妳的身體那裡？」

「因為……」娜希雅轉看向噴水池。「人什麼時候會發生意外，誰也不知道，可是在這裡就可以知道，說不定，萬一要發生意外的人是我認識的……我很怕……」

諾德驚愣，他也沒有想過爸爸才剛死，他會這麼快又發生死亡意外，萬一他家那兩個小的也……這絕對不行！他也要加緊注意才行。「可是，像這次這樣！通知的時候妳不在……嗯？等一下！劇團不是已經走了嗎？那妳的身體不就被帶走了嗎？」

「沒有！他們留一個人下來照顧我，其他人繼續往北表演。」

「沒有妳怎麼表演？妳是劇團最紅的人！他們怎麼可以把妳丟下！自己走了？」愛薇從聽說翡翠劇團開始，每次有消息，一定會提到娜希雅的名字。

「不管少了誰！劇團都要繼續表演才能過活。」

「可是我記得好像事發兩三天就走了！」諾德回想著。「聽說你們劇團是因為妳紅了才出名賺大錢的！我想就算一定要走，多留幾個人比較好。」

「兩三天！」愛薇尖叫飄起。「幹嘛這麼急！沒有妳能賺多少錢？好好把妳醫好才對嘛！」

「我都已經在這裡了，死神說我會死！醫不好了，他們留下也沒有用。」

「那又不一定！說不定就是因爲他們丟下妳，妳才會死！太可惡了！我要去教訓他們！」愛薇一說完就直接轉飄向入口。

娜希雅急速擋到她面前。「請不要這樣！他們都是我的夥伴。」

「夥伴才不會把妳丟下不管！」

「我變成那樣，再也不能賺錢，他們也很無奈，請妳不要爲難他們。」

「就算是那樣！就算是那樣……」愛薇氣呼呼的。「算了！我要到處逛逛，不要跟來！」說完就往反方向飄走了。

「等等！會迷路！」諾德大喊，但是愛薇很快就看不見了，他轉向老伯。「萬一她不小心跑去往地獄的橋……」

「不會！守衛不會放有自殺心的人通過。」老伯語氣冷靜。

諾德歪起嘴，想死的不讓過，想活的歡迎誤入。他望向娜希雅，她其實就是被拋棄了吧？「他們已經走很多天了，指定的替死鬼要在二十四小時內可以到的地方，應該不會有他們，那妳擔心的是留下來照顧妳的人嗎？」

娜希雅飄回原本坐的草地，輕輕點頭。

「那妳帶我認識他好嗎？」

娜希雅抬頭不解。

「我認識以後，幫妳在這盯緊，妳就可以更常回去試看怎麼回身體裡。」

娜希雅吃驚地看向老伯，老伯點頭。

諾德看得出他們很熟悉，老伯好像喜歡和不抓替死鬼的人在一起，從他說要救愛薇以後，他的態度就不像先前那麼冷漠了。

◆

娜希雅的身體在先前劇團帳篷附近的小旅館裡。

一過橋，諾德聽到男歌聲，是一個二十左右的斯文男子在房間裡走步輕聲歌唱，桌前端坐一個女子，動也不動，面無表情，加上頭髮垂放下來，和靈魂溫和的氣質簡直不像同一個人。

小房間裡除了必要的桌椅床具，沒有其他裝飾，諾德回想當初經過劇團外時，那風光亮麗的印象，難以想像他們現在會住在這種地方。

「他是妳的最佳搭檔，亞里恩先生？」

「是啊！你也看過？」娜希雅表情愉悅。

「沒有！」諾德眼珠子隨著唱歌的人移動。「因爲覺得他看起來一表人才，歌又唱得好，和妳很搭。」

「嗯。」娜希雅的聲音愉悅。

亞里恩唱完一首歌，走到娜希雅身旁，撫摸她的頭髮。「好聽嗎？我再唱一次好嗎？」

沒有回應，椅子上的人始終不動。亞里恩又摸摸她的頭髮、臉頰，再次輕聲唱起。

諾德看娜希雅一臉滿足，自己在這裡像多餘的。「我記住了，先走了，待太久也不好！」

「咦？才剛來，可以再多看一會。」

「不用啦！你們兩個都是看一眼就很難忘記的，我記住了，先帶我回去吧？那邊什麼時候會有通知很難講。」

「謝謝！」

◆

諾德回去時，池邊多了幾個人，看到他來，有的走開，有的原地等他靠近。

一走近，大吼聲響起。「小子，你有想要回去嗎！」

諾德被那聲音震得一縮。「呃！那個，不管怎樣，今天就算抓成功也不是你們的，沒有差吧！」

「笨蛋！新來的老是搞不清楚狀況！就算別人抓到，我們也可以少一個競爭者，但是今天不但沒少！還多一個！」

「啊？這樣，可是沒有多啦！那個女生她沒有要抓。」

「少來！新來的很多一開始都嘛不敢抓，久了就敢了！我們要好好教訓你！」

三個靈魂上前抓住諾德，往天空飛。

諾德一開始喊了幾聲「要去哪裡，放開我！」，沒有人理他，只好放棄，安靜了。

飛在參天大樹上，諾德先是驚嘆，又是害怕，這森林，一望無際，宛如樹海，要是被帶到大老遠去，他一定迷路。

算不上大老遠，三個人就開始下降了，諾德想應該他們也不想離開噴水池太久。

快靠近地面時，三人把他往下丟，就像逃跑一樣急忙飛走了。

諾德緊急浮起。「哼！掉下來也不會怎樣，我也會飛啊！趕快跟緊你們不就好了。」

他說到做到，加緊速度要追上三人。

三人的背影愈來愈小，諾德認爲是自己還不熟悉的關係，一再告訴自己再快點，再快點……

漸漸地他下降了，不管怎麼往上飛，總是很快又降下來。

他很累，很想休息，終於攤坐到地上，他看到自己變薄了，像在愛薇房間那兩人一樣，要變成紙片人了。他不想，可是，真的很想睡……

◆

諾德是被搔醒的，愛薇拿著樹枝在他身上這裡搔，那裡戳。

「唔……臭丫頭，妳在幹嘛！」諾德揮開樹枝坐起。

「我看你變得扁扁的很奇怪，弄弄看嘛！喂！你知不知道老伯在哪裡？我找他。」

諾德看看周圍，才想起自己被人丟下，最後落在這裡。「呃！不知道。」他邊說邊飄起來。「我迷路了……」

「我沒迷路啊！快點說，老伯在哪裡？」

「等等！那妳怎麼在這裡？」

「我找老伯，看到你在這，想說問你可能知道。」

「我不知道。」

愛薇撇起嘴，丟掉樹枝。「害我白花時間弄醒你！我走了。」

諾德急拉住她。「等一下！妳找他做什麼？帶我一起吧！我迷路了！」

「我要去娜希雅小姐住的地方。」

「啊？為什麼？而且為什麼去那裡要找老伯？」

「因為死神來通知替死鬼，裡面有看到亞里恩先生，他是娜希雅小姐的搭檔，我要去看到底是怎樣，可是我家很遠，從我的橋去太慢了，所以要找住城裡的人借橋。」

「啊！是他！那我可以帶妳去。」

「可是老伯感覺比較可靠……」愛薇斜眼看他。

這話諾德也認同。「他好像常常在看家人的池那邊，不然我們先去那邊看看。」

「那在哪裡？」

呃……諾德想到，愛薇自稱沒有迷路，但是沒有人跟她介紹過這個地方。而自己，也不知道那個地方在東西南北……

愛薇看他一臉迷惑，拉起他往上飛到樹海上空，環望四方。「哪一邊？」看不出來啊！往哪邊看都是樹。

愛薇等了一會，沒聽到回答。「果然不可靠！」她放開手，要走了。

「等一下！」諾德慌忙追上去。「妳說的替死鬼是什麼時候通知的？只有二十四小時的時間，妳知道嗎？」

「我知道！所以要快點去找。我已經找好久了，不知道是什麼時候啦！」

「那再找也不知道要多久，還是我帶妳去吧！地點在哪？」

「地圖看起來像是之前劇團附近，一間旅館裡面很簡單的小房間，詳細的我不知道……」

「我知道那裡！」今天才剛去過，諾德很慶幸一定就是……嗯，不對！「請問一下，妳來這裡多久了？」

「兩天，幹嘛？」

不是今天了，諾德昏了兩天……「沒事，反正我知道，妳快帶我去橋那裡！」

愛薇回給他一個不信任的眼神，但還是拉著他飛。

◆

第一個到達旅館的，是第一天把諾德丟在樹林裡的尼曼，他相信他會是第一個，因爲那間旅館就在他家附近。

「居然有人比我快？哦！對了！每次有劇團來都是在這附近的空地表演的，妳應該也是吧？橋在那裡？」尼曼邊說邊打量房間。

娜希雅突然看到靈魂出現，一驚訝完，馬上擺出防禦姿勢！「你爲什麼來這裡？」

「什麼爲什麼？聽不懂妳想問什麼。小姐！我記得妳剛來的時候說妳的形象很重要，不能做抓替死鬼這種事沒錯吧？」尼曼看到有人坐在窗邊，邊說邊靠過去。「但現在妳還是來了，我看這次我們來合作……啊！」

看清楚窗邊人的臉，尼曼猛地往後退，在娜希雅和那人之間來回看。「妳……妳怎麼沒有昏迷？呃！難道你們劇團魔術師可以讓人靈魂出竅嗎？所以妳才不抓替死鬼，那妳來這裡是……想阻止？」

娜希雅不想回應他的自言自語，始終維持防禦。「你要抓的人是誰？」

尼曼安靜了，盯著她好半天。「我想起來了，妳常常回來，所以妳本來就在這裡了，什麼都不知道，那太好了！小姐，妳的工作是帶給人歡樂，對吧！那就不能阻止我們抓替死鬼，我們抓到替死鬼才會快樂！」

看娜希雅快生氣了，他趕緊說：「不要擔心，是外人。明天會有一個女客人來和住在這裡的一個男的吵架，那男的把她推出去，剛好服務生送餐經過，那女的就撞到餐點，和服務生一起跌倒，再剛好被餐刀刺到。」尼曼用右手指比出刺進心臟的動作。「我們要做的，是讓那把刀命中要害！」

「亞里恩不會那麼粗暴的！死神有說是外人？有指明是這間房間？這裡的房間都很像。」

「當然他都沒說，反正都把她推出去了，一定不是朋友。至於房間……」尼曼飄到窗邊。「通知景象有看到窗外，確定是一樓，這間旅館一樓五間房間，扣掉空房，其他有客人的都不是畫面裡的人，只剩下這間還沒看到，不可能不是了！」

「如果真的是！那他不就會捲進殺人案裡了嗎？」

「不要那麼緊張，那是意外！不是殺人，而且刀子是服務生的，應該是他比較要擔心。」

娜希雅有點放鬆了。「你剛才說的合作是什麼？」

尼曼搖手。「不！不！不！那是以爲妳搶先比我早到，既然不是！妳只要保持不出手就好了。」他往門邊飄。「我出去一下，有人來，別說我來過！」

娜希雅知道他出去絕對有目的，但並不多想，她沒有告訴尼曼，亞里恩在這旅館裡幫忙打雜賺零錢，他出現在任何一間房間都是有可能的。

後來再有人來，向她問到尼曼已經來過又走了，就都又離開了。期間，亞里恩工作時，只要有空或經過房外都會進來看一下，娜希雅一面高興他沒有被靈魂們看到，一面又想如果快點看到，就能確定到底是不是他。

再後來，黃昏、入夜，亞里恩回來，餵娜希雅吃東西、梳洗、睡覺，都沒有靈魂再來，娜希雅漸漸認為他們真的是找錯地方了。

◆

早晨來臨，亞里恩像平常一樣，照料好娜希雅後鎖上門外出。

娜希雅不知道抓替死鬼的確切時間，但尼曼昨天來到現在還不到二十四小時，她決定跟出去，至少過了時間才能完全放心。

天花板飄下來兩個靈魂，潘迪到娜希雅的身體邊打量。「這種狀況是失魂變成白癡吧！真是可憐，長得這麼漂亮。」

安婭沒多看。「你還是去上面守著，我去看她做什麼！別太大意！尼曼一定躲在附近。」說完就飄去遠遠跟著娜希雅。

他們昨天來的路上遇到其他先來過的靈魂，說尼曼早來確認是這間旅館沒錯，但不知道爲什麼又走了。靈魂們認爲他是想騙人留下，自己去找真正的地點，所以他們正分頭找。

潘迪和安婭開始也覺得有理，但找了一陣，想到尼曼早就知道大家都不相信他，可能會利用這點，猜想大部分人都會離開，自己安心躲在附近等，就決定過來查看。

他們在窗外等了一段時間，之後有其他靈魂來，他們也一樣說了尼曼說確定是這間，那靈魂就走了，有個靈魂還好心提醒。「那你們幹嘛還在這裡等！如果真的照尼曼說的是這間，他幹嘛又走了？」

兩人裝出驚訝的樣子，謝謝提醒，說想再看看，對方搖搖頭就走了。

再後來，亞里恩回了房間，他們看到確定後，一面安心幸好決定來，一面爲了不讓後面的靈魂發現，就高高地飄到旅館上頭，有靠近的，先用尼曼的說法騙走。騙不走的，就像上次一樣請對方先讓給自己，否則就灑藥水！

房外走廊上的天花板裡，尼曼聽著安婭和潘迪的交談，哼了一聲，心想：「早知道你們兩個最麻煩，幸好這次我先到，送餐點就在這下面，我就不相信守在別的地方會比我快！」

安娅跟了娜希雅，看明明是住客的亞里恩在打掃旅館外頭，猜想是因爲白癡的醫藥費不低，錢花光了，他才做工抵債。

想到自己昏迷後不久，就被家人放棄不管，她遠遠望著娜希雅，有點羨慕。

跟進跟出，她漸漸覺得娜希雅單純就是愛跟而已，她還是回去守株待兔就好。

轉身要走時，後面傳來娜希雅輕呼。「老師？」

她回頭看去，門口走來一個戴黃色頭巾的女人，就和死神給他們看的一樣。

安娅看向正在空房裡打掃的亞里恩，頓覺不妙，這不就和畫面裡看到的一樣嗎？不！不一樣！窗外是濃密的樹梢，但昨天確實是看到地面和樹根，是一樓沒錯！

說好了要先讓給潘迪的，那她現在是應該馬上去叫潘迪，還是再觀察一下？萬一錯過……

「亞里恩！」女人輕聲呼喊。

亞里恩一頓，回頭看去，他剛好這間打掃好要離開了。「做什麼？」他邊說邊拿著拖把、水桶出門。

安娅邊想果然是認識的人，邊觀察到娜希雅一臉不可置信。

女人跟在亞里恩後面。「團長希望你回去，我們的表演不太順利。」

「沒空！」

「安妮和柯納一直配合得不好。」

「和我配合也不會好！」經過兩間房，亞里恩又進了一間空房。

安娅懂了，這個女人會一直纏著他，打掃過一間又一間房，直到他受不了把她推走。

「不要這樣！大家都知道你幾乎和誰都能配合。」

「現在不行了！」亞里恩拖把拖過女人腳下，女人讓開。

女人沉默了一會。「亞里恩！團長也是不得已的，娜希雅變成那樣，很難恢復了，他也願意出錢請人照顧娜希雅，你不用自己……」

「這些年娜希雅幫劇團賺了多少錢，他只願意拿出一個月生活費！然後呢？」

娜希雅不再驚訝了，她很想告訴亞里恩，這是團長的問題，不要遷怒老師。

安娅則是擔心了，她本來就在想認識的人就算吵架，也不會看著她死。娜希雅經常和老伯在一起，也不知道有沒有學到什麼阻止抓替死鬼的方法。

「團長又給了我一筆錢，我自己也拿了一些出來，如果你覺得不夠……」

亞里恩提起水桶，走過女人身邊。「就算妳拿出所有的財產也不夠賠！」他在她耳邊壓低聲音。「妳這個兇手！」

「什麼！什麼！什麼兇手？」

突然插入的女聲讓幾個靈魂一嚇，全轉向聲音來源，愛薇從房間牆壁冒出來。

安婭立刻拿起藥瓶，娜希雅閃身掠過她面前，她揮手灑出，才發覺手上沒有東西，再一看，娜希雅手上拿著一瓶藥，正是從她手裡搶走的。

她一嚇後退，牆裡又冒出一個人，讓她又是一閃。

諾德被愛薇從他躺著的診所一路拉著飛衝到旅館，一直在擔心靈魂會不會像煙霧一樣飛散消失，好不容易到旅館被放開，以為可以休息一下，哪知看亞里恩不在房裡，愛薇就直接穿牆到隔壁找人，諾德只好再跟著她一間間穿過，樓下穿完，接著往上穿。

愛薇沒注意到他們動作，眼神只管跟著亞里恩，他往樓下走了。

娜希雅最先跟上，愛薇後面跟著，沒看到發生什麼事的諾德也想反正跟就對了！安婭落後！

◆

亞里恩到外頭水缸換水，女人站在他旁邊。「那時候我就覺得你的態度奇怪，你果然在懷疑我嗎？你以為是我害娜希雅的！那時候不是已經查過，是舞台早就有裂痕，事先沒有發現！」

「檢查的人就是妳！隨便妳怎麼說！」

女人長長嘆了一口氣。「是你太在乎娜希雅，才會這樣胡思亂想，她是我最得意的學生，我怎麼可能會害她？」

亞里恩提起水桶，轉向旅館內。「妳嫉妒她成就比妳好！比妳出名！」

愛薇看女人，又看發愣的娜希雅。「學生？她是妳的老師嗎？她害妳？」

安婭一出來外面，就揮手往上招來潘迪，聽到這，立即靠近娜希雅！「聽起來是她害妳的，那看妳沒有要抓替死鬼的樣子，這個人妳可以不要管，讓給我們嗎？」

「什麼啊！」愛薇大喊：「既然有仇！當然應該讓她自己來啦！你們才不要管！」

「等一下！小丫頭，妳在說什麼啊！那是她老師耶！妳沒有要抓替死鬼，在旁邊看就好。」諾德看娜希雅臉色不再溫和了。

「你還不是沒要抓！」

「我有！我才沒有像妳那麼想死。」

「你有？那幹嘛還要害我死不掉啊？」

潘迪下來，手上拿著藥，不知道爲什麼安婭沒把他們弄暈。

安婭把他推去跟亞里恩和女人進旅館，自己攔到娜希雅身前。「妳就不要進去了，那種畫面不適合妳看。」

「那件事是意外！她是我的老師，不會害我的！」娜希雅側閃越過安婭，直往門去。

「哇！好厲害，不愧是我崇拜的娜希雅小姐！」愛薇馬上跟去，安婭一把拉住她。諾德不管她們，趕快進去了。

「等一下！妳才剛來就說崇拜她，妳們本來就認識嗎？她到底是幹嘛的？」

「她是翡翠劇團的當家舞姬，妳有聽過嗎？是很出名的劇團哦！」

安婭手一鬆。「原來！我原本也打算要去看的……」

「所以妳也喜歡囉，那就一起幫娜希雅小姐報仇吧！」愛薇歡快地拉安婭一起進去，安婭被她忽然的衝速嚇到，立刻在心裡把她和娜希雅一起列爲須特別注意。

◆

亞里恩這次進的是一樓房間，他正在擦窗戶。

娜希雅到的時候，聽到的就是這句話：「我不知道你是什麼時候開始懷疑我的，但是你其實沒有證據吧！不然早就說了！」

娜希雅在發抖，潘迪一看她來，立刻揮手灑出藥水！「呃！」只揮到一半，手被抓住了。

娜希雅一手抓，一手抽出他的藥水，潘迪驚愕地抽回手，退後。

女人繼續說：「不管怎麼說，娜希雅是沒救了！但是你可以有更好的成就，爲了她在這裡做這種工作，以後你會後悔的。」

亞里恩拿起抹布指向女人。「出去！」

潘迪提高警覺，尤其注意走廊兩邊會不會有服務生經過。「妳聽到了吧！她已經承認了，所以請妳不要再想阻止了，讓給我可以嗎？」

娜希雅只是看著房裡的兩人。

「你不希望劇團就這樣沒落吧！」

「出去！」亞里恩往前一步。

「如果你非要帶著娜希雅一起！我可以幫忙跟團長說的。」

亞里恩的手有些顫抖。

「你做這個工作也賺不夠醫藥費……」

亞里恩抓住女人的手，把她拉到門邊要推出去！

娜希雅猛地一驚！諾德急看走廊沒人，潘迪隨時準備好要控制餐刀。

諾德看他手勢，不由得更加緊張，他沒看到死神通知，不知道這次要怎樣控制才對，而且這次是突發事件，反應要非常快速！

女人抓住門框，不肯出去！

潘迪瞪諾德！「這次不會又有你什麼天使了吧！沒有老伯幫忙，你什麼都做不到的，你不要再亂了！」

「不是！我本來沒有想亂，但那是她老師啊！怎麼能眼睜睜看著自己老師死去？」

「是她的！又不是你的，不然你帶她出去就看不到了。」

「看不到，還是知道要出事啊！娜希雅小姐，妳千萬不能不管，妳現在會這麼出名是因爲她教的吧！妳不救她的話，以後會後悔的！」

「以前的事情不重要啦！現在她可是害她變成白癡，白癡！是大家都看不起的白癡！」潘迪看到走廊一端出現了服務生，有端餐盤。

娜希雅禁不住後退，諾德大吼：「不用講那麼多次！」

愛薇拉安婭飛進來，花了點時間才找到他們在這。

安娅發現服務生，立刻飛到他旁邊。

服務生離那個門口只差六七步了，安娅、潘迪和愛薇都擺出手勢。諾德慌了！愛薇八成也很會控制，三比一他穩輸，而娜希雅還在發愣！

「我不想和妳多說，妳走！」亞里恩扯著女人的手，強硬要把她弄出去！

服務生看到，加快腳步過來！「怎麼了！有話好好說啊！」

女人的手被甩脫門框，腳下沒站穩，後退幾步。

「嗯？」服務生順勢也往後退。

女人撞到他，兩個一起往後摔倒，幾個靈魂大驚！餐刀被壓在兩人之間看不到。

女人被燙到，驚慌掙扎！被壓的服務生忙叫：「快來幫忙啊！」

亞里恩去拉女人，女人痛叫，服務生看她背後有血，再一看，餐刀刺進女人體內！

「等等！小心點！刀刺進去了！」

靈魂們更慌了，那刀刺在背後中央偏左下，都刺進去了，不能再控制讓刀動了！

諾德鬆了口氣，那看起來應該不會死。

亞里恩把女人扶到半蹲起來，服務生也小心地縮回腳要站起。

「啊！」女人又驚叫。

「對不起！對不起！」服務生的腳曲起時碰到刀，急忙停止不動！

靈魂們看又有希望了，一點小動作都可能動到那刀。

餐點散落一地，麵條、濃湯……女人站起來了，踏到麵條。「啊！」腳下一滑，亞里恩急忙一手抓住門框，一手拉住女人，服務生也急伸手要托住女人……

「快動手！」安婭不想管接下來刀子會怎樣了！就算被人類看到刀子自己動也認了，現在情況太容易錯過。

潘迪還沒想到這點，他不知道要怎樣控制好！

地上的麵條滑到服務生腳下，服務生錯愕滑倒，踢到女人的腳，女人往左側倒下，刀子迅猛飛出女人身體，移動對準即將落下的女人胸口側邊。

潘迪手勢急拉。「有別人！」

安婭還沒來得及反應，諾德舉手想讓那刀倒下。

女人往刀尖落下，幾人驚呼！轟的一聲，女人倒地，刀子滑開撞到牆壁，停在那裡！

四、同一陣線

娜希雅拍開尼曼的手！

這是大家看到刀滑開後，左右尋找，才被愛薇找到天花板有個人往下探出上半身，手不自然地往右揚，看樣子是被娜希雅拍開的。

「哇！好厲害！什麼時候上去的，我都沒看到。」

安娅和潘迪互看對方，聳肩，也好，不然被尼曼成功得手，雖然可以從此看不到他，還是會想到就氣。

諾德鬆了口氣，愛薇一面可惜，一面又看女人。「算了！這樣也夠慘了！」轉看娜希雅，她一句話不說，穿牆回房，不見了。

諾德告訴愛薇：「她過橋了！」

「哦！那我們也回去吧！」愛薇伸手要拉諾德。

諾德把手放到身後。「不用拉了，回去又不用趕時間。」他強烈認爲愛薇飛速比撞了他的馬速度還快，太可怕。

「而且妳忘了嗎？剛才我的身體不在診所，我要回家看！」

「對哦！忘了！那我跟你一起去。」

「妳不能自己去玩嗎？」

「不行啊！這樣我要回我家的橋才能去你們那裡，很遠耶！」

諾德很不甘願，但是他拒絕不了。

◆

諾德家裡大門深鎖，他從客廳穿進廚房，再把房間一一找過。愛薇看他來來去去的，望向桌上灰塵。「看也知道好幾天沒人在了。」

諾德來回看了兩圈，才回到客廳問愛薇：「妳知道那個馬主人住哪？」

「不知道啊！」

「妳之前應該問妳爸的。」

「又不一定是那個人帶走的，他都出不起醫藥費，你還想說他養得起你們三個哦？問醫生誰把你帶走才對！」

除了那個人！諾德想不出誰會把他們帶走，看來他得回去找那個看親人的池了。

噴水池邊的人心情好像還不錯，潘迪也在那，諾德猜想大概他們聽說尼曼最後關頭失敗，心情好吧！

他繞過噴水池，先去找娜希雅，她在老地方靠著樹幹，頭側著像在睡的樣子。

諾德在猶豫要不要喊她，愛薇輕喊了一聲，才剛開口，娜希雅就睜開眼睛看他們了。

「什麼事？」

「妳不回……」諾德還沒說完。

「妳知道可以看親人的池要怎麼走嗎？」愛薇同時開口，很快說完一句話，然後她看看諾德。「不是要問這嗎？」

「是要問。」

「問黛安小姐吧！喊幾聲就會來了。」娜希雅說完又閉上眼了。

諾德先在心裡抱怨有這麼簡單的事，之前怎麼沒說，又問：「娜希雅小姐妳不回旅館嗎？」

「不想回去了。」這次她眼睛張開，沒有看兩人。

「咦！可……可是，那個亞里恩先生那麼照顧妳……」

「對啊！而且妳不醒的話，以後就再也看不到妳跳舞了！」愛薇驚喊。

諾德斜看她一眼，這想死的丫頭，本來就看不到了。

「白癡不會跳舞！」娜希雅又閉上眼，這次真的不想再講了！

愛薇望著天空回想，好像真的沒聽過有人變成那樣能治好的。

◆

諾德走遠了點，喊了三聲「黛安小姐」，真的就出現了。

「真的叫就會來了，也不早說！」

「說了就會常被煩。」黛安先回他，再轉向愛薇。「妳好！我是這裡的看守者，黛安，歡迎來到生與死的交界。」

這歡迎也太慢了，諾德突然擔心她該不會現在要向愛薇完整介紹這個地方吧！

「妳好，妳是看守者，那我問一下，可以讓我去別區嗎？」

「可以啊！」

「真的？沒什麼限制嗎？」

「別人是不行的！他們可能會因爲迷路或跑太遠來不及回來，就吵鬧抱怨。」

「太好了！謝謝，我想這地方好大，不能去別區太無聊了！」

黛安手掌朝著愛薇施法，一會。「可以了，以後妳去哪裡都不會有限制。」

愛薇轉了一圈歡呼。

黛安提醒她。「但是各區大同小異。」

「沒關係啦！反正人一定不一樣嘛！」她又轉了一圈，看到諾德。「我也去看一下你家人再去玩。」

諾德提出猜想：「別區是說別的地方的靈魂聚集的地方？」

「對啊！這邊往東西南北飛都會撞壁，明明是一望無垠的樹海，不能過去太無聊了。」愛薇一臉憧憬。

那是飛太快的人才會撞壁，諾德有點不是滋味，這個丫頭比他慢來！竟然東西南北邊緣都碰到了是怎樣？

◆

這一次，諾德很認真地認路，看到老伯的身影時，旁邊也有個池，他肯定就是這裡，搶先跑過去，愛薇也愉快地上前打招呼。

老伯讓開，諾德看到弟弟、妹妹，還有一個和自己差不多大的女生拿著故事書唸給他們聽。畫面裡看不到他的身體。「他們在哪裡？那個人是誰？」他望向黛安。

愛薇在旁邊左右動來動去。「我怎麼都看不到啦！我也要看！」

「只能站在那裡看自己的家人。」黛安指著諾德腳下。

愛薇轉向諾德。「你剛才問的好像你看到不認識的人？」

諾德點頭，愛薇轉向黛安。「他不認識，看也沒有用，給我看……」她把老伯也拉過來。「我們都要幫忙看，妳就好心幫個忙嘛！」

「呵呵。」黛安手朝池面一點。

愛薇歡呼。「看到了！」

諾德哭笑不得，怎麼她說什麼人家都答應！

老伯訝異！「這麼豪華的房子很罕見啊！」

愛薇連連點頭。「這房間應該有我家一半大。」

諾德也想，這房間還看不到全部，已經比他家兩間房大了。

愛薇忽然一拍手！「是不是你爸媽有認識有錢人，那醫藥費沒問題啦！改天把我爸先給的還給我們吧！」

「可是我沒聽說有啊！」諾德投給黛安求助的眼神。

「這個池只能看到家人，他們在哪裡，就只能看到哪裡，你可以一直看，等他們出去，看外面是哪裡，不然就換到另一個池看你的身體。」

「沒有比較快的方法嗎？」諾德記得兩個池距離不近。

「不能讓你們看和你們沒有直接相關的事，要是看到不該看的回去亂講，那我們就麻煩了！」

諾德無奈地看向老伯，老伯搖頭。「我沒關係，你繼續看吧！找出身體在哪裡很重要。」

「謝謝。」諾德很不滿地發現，他一說完，黛安又不見了。

◆

聽完故事，有侍女送來點心飲料，愛薇一臉羨慕。「好好哦！我都不能吃那些。算啦！你弟妹沒事，你的身體就不用擔心啦！我要去別區玩了，再見！」說完馬上就往上飄走了。

諾德望著她飛遠，直到看不到。「哪有人都快死了還一直想著玩的啊！」

「長期生病悶吧！」老伯始終看著池面。

「老伯你也這樣想嗎？可是我有聽過有人生了大病後好起來，反而活得比別人還久，何況她還那麼小！也沒到完全不能下床，我是覺得不應該隨便放棄。」諾德停了停！

「唔，其實老伯也是，還有很多人年紀比你大，身體還是很好的，所以只因爲年紀大就放棄……」

「你下得了手？」

「呃……」

老伯望著池面，緩緩開口說：「我下了不手，我年輕的時候曾經被指定爲替死鬼！」

諾德目瞪口呆！「那！你……你從那個時候昏迷到現在？那有十年、二十年……還是更久？」

「不是！我現在是病倒的，兩年多。是我年輕時遇到一件怪事，來這裡以後才懂了，當時就是要抓我當替死鬼。」

諾德鬆了一口氣，要是昏迷了幾十年，身體也壞得差不多了，要勸他回去真的會不知道怎麼說！

「那時我的妻子產後昏迷，我同時照顧她和剛出生的孩子，做事經常匆匆忙忙的，有一天我太急著趕路，失足掉入河裡，我本來是會游水的，但是那時腳拐到，抽筋了。就在我漸漸失去力氣，往下沉的時候，我看到了我的妻子……」

「她也靈魂出竅？」

老伯點頭。「可能因爲那時我也恍惚快昏迷了才會看到，她很努力把我往上推，我才看到還有其他幾個靈魂在阻止她，我想幫她一起趕走那些人，但是實在沒力氣，後來我醒來時就在醫生那裡，說是有人經過，看我倒在岸邊，把我救去的，他們都以爲我是被水沖上來的，說我運氣好。」

老伯長嘆一氣。「我差點以爲在水裡看到的只是做夢，可是我回家的時候，妻子已經過世了，全身濕答答的，有河水味。我當時想是她昏迷以後靈魂出竅，一直跟著我，保護我！直到來了這裡，我才知道爲什麼還有其他那些靈魂！」

老伯嚴肅地看著諾德！「我討厭極了那些靈魂，所以我絕不會和他們做一樣的事！」

諾德沉默了會。「那爲什麼！一開始要幫我？」

老伯呵地一笑。「結果你沒有抓，還阻止了不是嗎？」

諾德也是一笑。「那以前，他們說你以前也幫過別人！」

「他們都和你一樣！」

「那他們現在？」

「都死了！」

諾德低頭看著池面，心情複雜！「聽起來成功回去的人很少……可是阻止又是好事……」

「就算沒有人阻止，互相搶也會搞砸，所以，放棄爭奪，平靜地度過最後日子就好了。」

諾德看著弟弟、妹妹，嘆了氣。「所以，死神說被他選上的人，一定要死是亂說的！」

「是啊！否則我也不能活到現在！」

「那大家還那麼拚！」

「偶爾還是有人成功，一年大概會有兩三次。」

「那我就算昏死在森林裡也沒差嘛！」說到這，諾德想到可以問老伯，就把之前被人帶去丟掉昏睡的事情，大概說了一遍。

「那應該是安婭採藥的地方，那種藥草會散發讓靈魂昏睡的氣味，所以他們也不敢靠太近，才提早把你丟下去！」

「所以如果我真的掉在那裡，就會一直聞到醒不來？」

「確實有人就那樣到死為止！」

「唉！」諾德之前很生氣，但現在不知該怎麼想了。

老伯又繼續說那種藥從很久以前就有人知道，一直傳說下來，來這裡時間不太短的人早晚都會知道，但是不是人人都會煉藥，所以通常只要注意別被人引到那裡去就好了。安婭是做藥師助手的，知道怎麼靠近，還把藥草煉到藥效可以迅速發揮，只是昏睡時間就比原先短了！

諾德想起剛才在噴水池邊沒看到安婭，猜想她應該是去重新採藥了。「那老伯你呢？他們說你每種植物的功用都知道？」

「知道比他們多而已，待久了，自然會懂比較多，沒有他們想的厲害。」

「原來是這樣！那潘迪是真的跟安婭很好？」

「這我不清楚，但是安婭會煉藥，討好她多少對自己有利，大家常聚在噴水池聊天，就是想要套好關係，互相利用。」

諾德聽得很頭大，反正以後還是離那兩個人遠一點好。

池裡面，有人帶他的弟弟、妹妹去洗澡，接著諾德總算看到他的身體，居然有專人照顧。

有一個穿燕尾服，四十幾歲，像管家的人，來和那個說故事的女生說話，諾德和老伯對視一眼，同時喊出：「奈汀格家的管家！」

諾德大鬆一口氣！「老伯謝謝你了！我要去看他們，這就留給你了。」

他說完立刻往上飄，在樹林裡路還不熟，容易迷路，直接到上面就可以看到大噴水池。

◆

奈汀格家離城內中央廣場不遠，諾德之前被送去的診所也在廣場周圍，他過橋後很快就來到奈汀格家，再學愛薇穿牆在各廳房、大小花園之間穿梭，花了不算太多的時間，找到了弟弟、妹妹和自己的身體。

時間已經半夜，大家都睡著了，弟弟、妹妹的臉色看起來還不錯，但是自己就還是死氣沉沉的，讓他感嘆已經錯過兩次抓替死鬼機會，真希望下次是個壞人。

他在弟弟、妹妹房間來回輪流看了幾次，看到踢被子時，順便練習一下操控移動的技巧，無聊的時候就在房間打量花瓶、窗簾、各種裝飾品，以前想都沒想過會有機會可以進來大富翁家裡，應該趁機好好欣賞……

「不對！我居然和臭丫頭一樣，都快死了還在想這種事情！」諾德放聲大喊。

「外面這個小花園看一下就好了，剛才經過都沒仔細看！」喃喃自語完，諾德飄到弟弟房外，在花園繞了一圈。「唔，時間也不急，再到隔壁看一下就好！」

太陽從天邊慢慢升起，陽光照射進花園裡，牽牛花緩緩展開花瓣，諾德想再多看一些也沒關係。

就這樣，諾德在奈汀格家待了幾天，弄清楚了奈汀格先生不在家，他有兩個兒子，一個女兒，是他的大兒子有天到診所知道他的情況，就要人把他們帶回家暫時照顧。大兒子白天要幫忙打理外面的生意，很少在家，通常是女兒陪他的弟妹念書，下午小兒子放學回來也會一起到花園裡玩遊戲。他們都很習慣家裡不時會有暫時收養的人。

「原來不是奈汀格先生決定的啊！他的孩子都好有教養，不過暫時到底是多久？以後會送去育幼院還是給別人養？」

在煩惱時，那個馬主人也來看過他，說如果真的救不活，願意收養孩子。還有他爸爸那個城南外的朋友聽說也來看過他，也提出可以收養孩子，但是他們的家境要多養兩個都有點吃力，所以大概會各養一個。

諾德沒有想過弟弟、妹妹可能會被分開，那樣他們一定會哭得很慘，他一定要想辦法避免這種事！

◆

這天下大雨，遠方隱隱約約傳來打雷的聲音，奈汀格家的小兒子沒有去上學，諾德聽到他和姊姊嘆息說爸爸本來今天要回來的，看樣子大概又要延後了。

但是他說完也沒多感傷，就邀大家一起玩捉迷藏，看來是很習慣了。

諾德看他們愉快的樣子，開始煩惱起醒來以後的生活，他爸爸原本是幫人管帳的，收入還不差，但是一年前媽媽病逝，不久前爸爸也跟著去了，花掉不少錢，現在家裡剩下的錢大概都會花在他身上。

「我以後一定要更拚！讓他們可以跟現在一樣快樂。」諾德給自己加油打氣。

下雨天，打掃庭院的僕人閒著沒事，有的去幫其他人，有的聚在一起聊天。

「北邊在打雷……」這人一直望著窗外不時的閃光。

「希望這次樹不要倒太多！」

說到打雷倒樹，諾德馬上聽懂他們在說往北方城鎮必經的森林，幾乎每次大雷雨都會劈斷幾棵樹，好幾次擋路都是奈汀格家的人去清理的。

「倒多少沒關係！不要擋路太嚴重就好。」

「希望啊！不然老爺不知道什麼時候才會回來。」

咦？諾德腦中瞬間閃過不妙的聯想，樹倒是一種意外，有意外就可能可以抓替死鬼！奈汀格先生要從那裡回來……

他望了一眼窗外的天空，轉身高速衝向診所，過橋。

一眼望去噴水池邊，空空的沒有人，再轉向左邊樹下，娜希雅也不在。正緊張要怎麼辦，四處找時，樹叢裡傳來聲音。「什麼事？」

娜希雅在樹叢裡摘長型草葉。

諾德鬆了口氣。「娜希雅小姐，妳這幾天有回去嗎？」他看著她手上整捆的草葉，心想她也會煉藥嗎？

「不想回去了。」娜希雅邊說邊繼續挑選草葉。

「妳的心情還沒恢復嗎？我是想說，妳之前說過覺得妳的身體好好的，應該不會死，所以還是……」

「死神說會死就是會死了。」

「他都亂講的！他應該也有跟妳說被他選上的人一定會死吧！可是妳知道嗎？聽說替死鬼很少有人抓成功過！」

「這是兩件事，我們的靈魂已經離開身體，就算死神沒有說，你有辦法回去嗎？」

「這……應該還是會有辦法的！」諾德本來就不是要說這件事的，只是看到她在，忍不住要問，現在既然說不下去了，還是回歸正題。「那個！我想問說，大家去哪裡了？」

「有替死鬼通知，要知道嗎？」娜希雅覺得諾德不像很想抓替死鬼的人。

諾德急急點頭！

「畫面是樹林裡倒了很多樹，有一些人在清理，死神說他們在運樹的過程中，車輪撞到泥水灘裡的石頭，翻車壓到人。我不知道那是哪裡，但是這次比較多人反對抓，說他是大善人，吵得很兇，你可能也知道？」

「謝謝！我先走了！」諾德從一開始聽到樹林就覺得果然和自己想的一樣了。

要踏上橋時，他又折回。「啊！不好意思，來通知多久了？」

「我不確定，天亮後不久來的。」

那反正明天天亮前衝到就對了！諾德又一次道謝後緊急衝向橋去！

通常帕里城的地圖上不會畫出那座森林，它在地圖的更北方，諾德不確定直線距離有沒有比愛薇家遠，但是只要想到那天的遙遠，他腦裡就只剩下「衝」！

◆

諾德從來沒有去過北方森林，但他知道總之從北門出去以後，沿著路一直往北走就會到了。

雨還在下，雷還在打，雨打不到他，還好，但是雷會不會打到呢？每次閃光一出，諾德總會擔心，雷聲響起就更驚嚇！

所以當他一聽到尖聲高喊！直覺就驚慌地後退，才看到前面是愛薇擋路，她剛才喊的是「停！」

「妳嚇死我了！」諾德鬆了口氣。「妳不是去玩了嗎？我還以爲妳很久才會回來。」

愛薇指向北方。「我是從蓋倫鎮隨便拉個人過橋來的！你再繼續往前衝就又要變得扁扁的了。」

「蓋倫鎮？」那是通過森林後第一個到達的城鎮。「妳是說有從蓋倫鎮來的靈魂要抓替死鬼？」

「當然的！離他們比較近啊！」

諾德一下子驚愣了，因爲蓋倫鎮是離帕里城最近的城鎮，人用走的都要兩天，而抓替死鬼通知是二十四小時，所以他從沒想過會有要和其他地方的人搶的狀況。

「也對，用飛的快很多，那他們應該先到的比較多，這種時候大家會團結起來對外嗎？」

「算是有團結，可是不是因爲這樣。我們邊走邊說，飛高點！不然會變扁。」

「妳不是要守在這裡擋人嗎？」

「沒有！那有別人負責，我只是來等你的而已，因爲我等好久都沒看到你，問人說你不見好幾天了，不知道會不會來。我怕你如果有來，會被灑到藥變扁，才來等看看的。」

諾德想了一下。「妳是因爲妳爸爸說是妳把我害成這樣，才在意我的事嗎？」

「想太多！我才沒在意！我只是剛好在那邊聽到通知，順便來而已。」

「那要是我沒來，妳是要等多久？」

「最多就等到事情結束而已，哪有多久！快點跟來啦！飛高點！」她還沒說完就轉身往上飛了，諾德也趕緊跟上去。

「你找到你的身體了嗎？」前面的人發問。

「找到了！在奈汀格先生家，他的大兒子把我和弟妹都帶回他家去照顧。」

「真的是好人啊！你們都看過他吧？我沒看過。」

「城裡很多事情他都會出面，是因爲妳家太遠了，才會沒看過。」諾德知道愛薇一定又在想她生病很少出門，才沒機會看到。

「我爸媽和我弟都看過很多次！」

諾德沉默了一會。「妳快點醒來！好好調養身體，以後就有很多機會……」

「不用啦！我等一下就會看到了。」

「那不一樣……」

「哪裡不一樣？人的眼睛和靈魂的眼睛看起來會有差？」

「……」

兩人都沒有再說話，直到諾德遠遠地看到森林北方的邊界，天也沒那麼黑時，才聽到前面的人又說話。「到了，小心點！跟著我，不要下錯邊了，會被弄扁的！」

愛薇慢慢往下降，諾德隱約可以看到茂密的樹林下有些靈魂。

他跟著下去，停在濃密的樹頂枝葉裡，下面樹倒得七零八落，森林道路兩旁各分散躲了幾個靈魂。

「這樣躲有用嗎？都被看到了。」他伸手穿透樹枝，表示樹擋不住，還被看到，等於沒躲。

「安婭說藥穿不過去。」

「咦？真的嗎？那所以只要拿個東西擋前面就安全了？」諾德。

「又不一定是從前面來。她還說人也灑得到，但不會變扁，她聽說的，沒試過！」

諾德找了一會，發現安婭和他們一樣在路的這一邊，本以爲是同城的關係，但他又看到潘迪在路的對面。「呃！現在分邊是怎麼分的？」

「我們這邊是反對抓奈汀格先生的，他們那邊是要抓的，像我這種沒差的，他們說也要在這邊。」

「妳明明就也反對！」諾德小聲嘀咕。

「剛才他們決定說，時間到的時候，他們一動作，我們就衝過去每個人抓住對方一個人，讓他們來不及動手，我們人比較多，應該沒問題，可是他們說我太小，不用自己抓，到時候看情況幫忙就好。」

她說得有點氣！諾德想她年紀小，人家會這樣說也很普通。他剛想再問細節，就聽下面有人喊：「我們又多一個人了！一定你們輸的！快點放棄！」

其他人紛紛附和吶喊，而對面也回應：「烏合之眾！臨時合作沒用的！」

「你們還不是一樣！」

又喊幾聲後，諾德看到安婭舉手示意大家停下，對面也有人舉手，看起來很陌生。

「現在是安婭領導？」諾德很驚訝大家會願意聽從那個平常對他們灑藥的人。

「因爲她有藥！對面的會怕。對面那個也是，不過對面是潘迪給他藥的，因爲那邊的人大都聽他的。」

「那安婭也有分藥給我們其他人？」

「沒有！她說沒有那麼多藥，反正我們人比對面多很多，不必用藥，而且太多人拿藥，亂灑一通怕灑到自己人。」

「好吧！那對面有多少人？蓋倫鎮人比我們少很多，扣掉不抓的……」

「我剛才走的時候，對面只有五個人而已，包括兩個是我們城的。」

諾德馬上心情放鬆。「那真的很少！」

「可是你看那些倒的樹下面有扁扁的人！」愛薇指著樹縫的方向。「我剛才走的時候倒了四個，其中有兩個是潘迪和安婭一來看不認識馬上就灑，結果對面的笑說那兩個都是反對抓的，潘迪才跑過去那邊，安婭也不敢灑藥了！」

諾德朝她指的方向看去，沒看到也沒有想仔細找，反正一定是真的。

「還有一個是對面那個剛拿到藥，南邊就來一個人，潘迪說那是反對抓的！他就馬上衝過去灑藥，一次就成功，我們這邊一下子少三個，就開始都躲起來啦！」

「那最後一個是？」

「最後一個很奇怪！是上次在旅館最後突然冒出來的人，他說他不抓，可是大家都不相信，還一起把他抓起來，叫安婭對他用藥，然後把他丟出去！」

「那是尼曼！」諾德相信尼曼從以前到現在一定被丟過很多次藥。「妳也要注意，他說的話不能相信！不過安婭不抓我也不太相信，她常常拿藥丟人！」

「那個哦！聽說她來之前就和潘迪吵架了，因爲潘迪是外地人，不知道奈汀格先生，而且他的時間快到了，很急！可是安婭說……先問一下，你知道之前城裡發生集體中毒事件嗎？」

「當然知道！」諾德心想：城裡的事，妳都知道了，我怎麼可能不知道。

「他們兩個都是那次中毒的，安婭比潘迪先昏迷，可是潘迪會先死。」

「啊！那次中毒的人被隔離了，也是奈汀格先生提供地方和金錢的。」

「對！而且安婭的家人好過分，聽說她沒救了，就不管她，不出錢了，所以她很感激奈汀格先生。但是潘迪覺得他不是沒錢，只是因爲昏了，人家先幫他出而已，等他醒了就會還錢，沒什麼好感謝的。」

諾德撇嘴！「他如果現在把奈汀格先生害死了，要還給誰啊！到時候不會覺得愧疚嗎？」

「對啊！但是他說他不管，叫我們不抓就回去。」

「怎麼可能回去！我們城的人只要聽到奈汀格先生有危險，馬上就會找大家一起來幫忙。」

「蓋倫鎮的人也是哦！沒去那邊都不知道他這麼有名。」愛薇說得開心，諾德突然也覺得利用靈魂的形態，四處去看看好像真的不錯。

◆

道路北邊出現了火光，諾德知道奈汀格先生一向都是前一晚就會在森林外紮營，才能天還沒亮就帶人進來清理斷樹。

看著他們鋸樹、抬樹幹上車、清理小枝葉、檢查周圍樹木，再緩緩推車前進，愈來愈接近靈魂們躲藏的地方，諾德也愈來愈緊張！「妳知道什麼時候嗎？」

愛薇指向車！「要等那輛車裝很多，嗯……記得應該是七根木頭。」

現在車上有五根了。「不能先把他們會撞到的石頭搬走嗎？很難搬？」

「之前也有人這樣說，可是石頭在那些斷樹下面，我們一過去找，就會被對面的弄扁了。」

「唔……」諾德前後左右查看，很失望這裡沒有可以擋藥的大葉子。

第六根木頭放上車了。「不能在翻車的時候，控制讓車翻慢點，還是怎樣不要壓到人嗎？意外就一定要發生才行嗎？妳知道阻止了意外會怎樣？」他本來是自言自語，到後來想到愛薇知道很多事，就真問起來了。

「不會怎樣！但是車上載那麼多木頭很重，很難操控。」

「我們有這麼多人，大家一起啊！」

「那對面的也會阻止啊！大家又沒默契，弄不好更糟，你想一下你們之前把我的藥弄翻，那輛車如果也像那樣搖來搖去，木頭左右散，受傷的人會更多。」

「唔……」想不到小丫頭想事情比他周到。

第七根木頭要抬上車時。「對面的怎麼不快點？」諾德想降下去，愛薇急忙拉住他，小聲提醒：「不要急！先動會被對方注意到的。」

木頭放好了，諾德深呼吸。「拉緊我！我怕我忍不住就動了。」

車子動了，諾德好想鑽下去看石頭在哪！

車子行進到安娅正前方時，一個震動，對面的靈魂衝出來，諾德這邊也馬上衝過去要抓人，潘迪邊灑藥，邊注意車子。

「沒！沒翻……」雙方都驚慌起來！「不是這次，錯了！」

潘迪趁抓他的人慌亂，急忙抽出身，回手一揮，一次灑倒兩個。

安婭急喊：「沒關係！大家抓好！」

愛薇向著另一個有藥的人，很想學娜希雅一伸手，就把藥搶到手，偏偏她光是要閃對方的藥就很吃力。

諾德看對方五個人都被纏住了，他也不管了，飛到車子旁邊往輪子下看，他希望奈汀格先生一點傷都不要有。

看不到石頭！看不到石頭！泥巴水真的有夠礙眼，諾德抱怨不斷，忽然！停了下來，手用力往回一拉！

「嗯？」奈汀格先生回頭，看身後幾步並沒有人。

周圍人看向他，他揮揮手表示沒什麼。「繼續前進！」

諾德高興了，他剛拉了奈汀格先生的後領，只要他不在車子旁邊，翻車就不會壓到他，不用管那輛車有多重。

奈汀格先生抬頭往上看。「大概是樹枝勾到了。」

後面的靈魂們一面掙扎，一面往這邊來，諾德大喊：「愛薇，快來！」

對面有藥的領導，已經被安娅灑到，愛薇看沒必要自己幫忙了，就飛快過來。

「我們弄個樹枝把他勾住！快！快！」

愛薇飛到奈汀格先生前面，快速找了個好彎曲的細樹枝，迅速讓它下彎，勾住奈汀格先生的袖子。

「啊！」奈汀格先生看向自己右手。「又勾到！你們先走。」

他一開始小心翼翼要拿開樹枝，愛薇和諾德控制著又讓其他分枝纏住他。「這種樹會這樣纏人嗎？我以前怎麼不知道！」

「碰！」

「啊！快閃開！」

正在質疑自己對樹木認識不足的奈汀格先生一驚往前看，只見車子往右翻倒，樹幹滾落一地，再看右手邊纏住自己的樹枝已經鬆開彈上去了，當場渾身一抖，拍上自己胸脯。「幸好！」他抬頭看樹枝，找出是哪棵樹，露出笑容，上前拍那棵樹幹。「剛好被你救到，謝了！希望你以後都不會被雷打到！」

五、乞丐

潘迪指著諾德，氣得說不出話來，安婭靠近想安慰，他甩開她，自己飛速離開！

一些靈魂稱讚諾德幹得好！阻止了意外，又沒有被人想到有鬼。

愛薇向他們告別，轉往北走，她來時拉的人剛好是反對抓的，他們要一起回去。

諾德心情大好！不只前兩次替死鬼沒死，這次連意外都沒發生，那個死神就是恐嚇人而已。「哈哈！要是我一個月後會死也是亂講的就好了！」

諾德正在飄回奈汀格家的路上，笑完後長長嘆口大氣。「還是別做夢了！他是死神，不要說一個月，就算現在要把我弄死也可以……唔，不知道剩幾天了，都沒注意日子。」

諾德回了奈汀格家，盯著自己動也不動的身體。「如果真的醒來的話，就是人家說的鬼門關前走一遭吧！那生與死的交界就是鬼門關前，可是以前被這樣說的人，他們真的都有去抓替死鬼嗎？他們是那些偶爾成功的人嗎？」

他無聊地在奈汀格家四處逛。「會不會有別的方法？老伯知道嗎？可是他如果知道，也不用在那裡兩年了。」

「問別人的話呢？這次這麼多人阻止，其實他們也不壞吧！」

他想來想去，決定還是回去一趟。

經過前院的的時候，僕人在聊天。「剛才隔離所派人來通知說，又有一個人死了，這次是外地人，問要不要把他送回家鄉去。」

「就跟其他人一樣燒了就好了吧！不然要是送的途中感染到毒，很倒楣耶！」

「我也是這樣想，就不知道少爺他們會怎麼處理。」

諾德決定轉向隔離所，城東南較偏僻的地方。

◆

一進隔離所，他就看到安婭發呆地看著前院裡一具用布蓋起來的屍體。

「安婭……」諾德輕輕地喊了幾聲，安婭才回神，轉頭看到是他，又轉回去看屍體。

「潘迪死了！」

諾德沒有回話，他就是這樣猜想才來的。

「我答應了先幫他，卻在最後背叛了，是我害死他吧？」

諾德一愣！要這樣說，那他還擋了三次抓替死鬼，不就更可惡！「妳不要這樣想，他是因爲中毒死的，跟妳沒關係！」

安婭沉默一會。「我是那間診所的人，翻倒毒氣的那間診所。」她垂下眼。「毒……是我翻倒的。」

諾德又一愣！想不出該說什麼來安慰。他進去屋裡各房間看了看，最初聽說中毒的有三十幾人，現在這裡剩下不到十個了，有人醒著，有人不知是昏的還是睡的。因爲每人吸入的毒氣量不同，有人當天就死亡，有人撐了一段時間後漸漸昏迷，聽說一昏過去就不會再醒了。

他多看了床上的安婭幾眼，聽說救活離開的也有十幾人，說不定再過一段時間，會有人做出更好的藥，連昏迷的也能救活。他很想這樣告訴安婭，但到外面看安婭失神的樣子，還是直接離開了。

◆

噴水池邊的靈魂們今天格外沉默，諾德猜想他們大概在鬱悶自己放棄抓替死鬼的機會，還是先轉向左邊去看娜希雅。

她坐在樹下，一旁堆著先前採的草葉，她拿那些在編草衣。

諾德好奇是不是有什麼特別功效。「娜希雅小姐，妳編這個是做什麼用的？」

「防病。」娜希雅沒有抬頭，手上動作不停。

「防病？」防毒諾德就懂。「我們這樣也會生病？」

「給亞里恩的，老伯說人類也可以用，披在身上，他們看不到，感覺不到，但有效果！」

諾德眼睛大亮！這樣他也想給弟弟、妹妹。「那可以維持多久？如果只編個小手環可以嗎？」

「十年！我可以幫你編衣服。」

「不用了！不用了！」那樣她就會在這裡更久，更有理由不回去了。

「手環也可以，效果比較弱。」

「好，謝謝！」諾德開心地想，反正看不到，編得不好看也沒差，可以套在手上就好了。

他問清楚了採草葉的地點，去採了一些回來，繞成圈狀編了老半天，最後兩個手環都還是娜希雅編的。

原來只是編成圓圈也不容易，他尷尬地謝過娜希雅，望向水池邊，想那些人與其在那裡閒聊發呆，不如也給家人編一些。

他拿著手環試戴欣賞一會，才鼓起勇氣，走向噴水池邊，已經來不知道幾天了，是該稍微認識一下。

「你們好，呃！我想請問，有沒有人知道除了抓替死鬼以外，還有別的方法回去嗎？」

「知道還用耗在這裡？」有人斜眼看他，更多人看一下就回頭做自己事了。

「對不起，我只是想說不定……」

「這問我最了解……」有人飄過來。

「不用！」諾德一看是尼曼，立刻拒絕。「你說的話很難信！」

「哈！」最先回話的男人一笑，過來推開尼曼，把諾德拉向一邊。「我跟你說好了，不過尼曼應該是真的知道的比我多。」

「謝謝！」

他們找了個空地，男人叫奧奇，他說起其實一直以來這裡都流傳著以前偶爾有人會憑靠強烈的求生意志回去，而且每當有這種人，同時的其他靈魂就會受到激勵，成功回去好幾個！

諾德激動了！求生意志他當然有。

「上次發生聽說是八十年前，也不知道真的假的。」

呃……「八十年？爲什麼啊？求生意志大部分人都有吧？」

「是啊！沒有求生意志幹嘛抓替死鬼，直接去地獄就好了！可見，如果不是騙人的，那就是求生意志要強到可以對抗死神，還是不要妄想啦！抓替死鬼成功機會高多了。」

「可是這樣回去會良心不安吧！像今天會這麼多人阻止，不就是代表大家還是有良心嗎？」

奧奇長嘆一氣。「是啊！其實像你剛來那次，雖然大家當時很生氣，但是也知道應該是那女生和你有什麼關係，如果你沒阻止，後來等大家知道你和那女生的關係，一定會反過來鄙視你！」

「那如果先說了，其他人會幫忙阻止嗎？」

「看情況吧！畢竟我們又不認識。想要有很多人幫忙阻止，至少也要像那位小姐。」奧奇指向左邊森林裡。「因爲她很受歡迎！」

「娜希雅小姐？她也是被抓替死鬼失敗來的？」

「是啊！本來要害她掉下去的人有鋪墊子，應該也沒想讓她受重傷，可是有些人……」他瞪向右前方，那裡有幾個靈魂，諾德也不知道他是指誰。「把墊子弄走就很過分了，還堆了一些亂七八糟的東西。」奧奇搔搔臉，有點不好意思。「可是也因爲我們分兩邊，搬來搬去搞不定，她才會傷得更重！」

「她知道嗎？」

「當然不知道！」奧奇貼近諾德，壓低聲音！「我們那麼喜歡她，卻把她害得那麼慘，怎麼可以跟她講，你也不准說！」

當然要說！諾德相信娜希雅知道以後，心情一定會好很多。

後來諾德聽他講了很多以前的阻止狀況，聊得久了，中途還有其他人加入，話題就愈聊愈多了，像是安娅來以前，大家會用比拳頭或比腦袋的方式決定替死鬼給誰，可是她來了以後，就算打贏了，不小心被她灑到也搶不到，就沒再打了。

「那她怎麼到現在還沒成功？」諾德記得安娅比潘迪早來。

「就是啊！一開始我們還想說沒關係，就先讓她，等她走了就好了，可是老有人不管怎樣硬要搶，麻煩死了！」

還有像是以前成功的人聽說有好幾個都是從一開始就只剩下兩三天的人。

「只剩兩三天……那萬一沒等到替死鬼不是白來的，我寧願守著弟妹到最後就好。」

「對啊！所以，這種人特別拼，而且就是有本事拼。」

◆

天黑了又亮，再到黃昏，死神再度來到，大家一窩蜂地迎上去。

這次是城外西南方的小村落，有個穿著破舊的小孩掉進水裡，他會自己抓住石頭爬起來，靈魂們抓他的方法，就是讓他爬不上去。

看起來很簡單，死神一收鐮刀，大家馬上往橋衝去。

「等一下！」諾德緊急拉住奧奇。「他還那麼小！」

「那是小乞丐，趁早死了快點重新投胎去，好人家對他更好。好啦！好啦！你同情的話，不要去就好了。」奧奇撥開諾德的手，急急去過橋。

諾德當場覺得聊了那麼久的良心全都是嘴上講講而已，什麼叫做趁早死了好，那要是他的弟弟、妹妹……不行，他一咬牙，忽然想到往左看，果然娜希雅也有來看，她正要回去樹下。諾德加速飛到她面前。「娜希雅小姐，妳跟我去好不好，妳身手很靈活……」

「是你認識的人？」

「不認識！可是那還是小孩子，太可憐了。」

娜希雅看向他套在手上的草環，勉強一笑，點了頭。「你那裡近，還是我那裡？」

◆

又當了一次帶路人，還是很少去的城外，諾德突然有點小得意，這次的村落就是爸爸的朋友住的地方，雖然以前都是爸爸帶的，不過他有信心自己去也不會走錯。

那裡是離城最近的村落，路好記，入夜不久後他們就到了。

幾個更早到的把全村每一戶人都看過了，只有十幾戶，沒花多少時間。

「沒有像乞丐的！」

諾德和娜希雅也在四處尋找時，聽到有靈魂這樣說。

「想想不太對，乞丐大部分都是去城裡乞討的，這裡人太少，討不夠吃。」

「還是他明天才會到這附近？不然我們先去找那個池塘？」

他們走了，諾德自言自語：「也不一定是乞丐吧！這裡人大部分都穿得沒有城裡好。」以後如果弟弟、妹妹被爸爸的朋友收留，也差不多會是那樣。「哼！根本就是覺得窮人的命不值錢。」

他們也把每戶人家都找過一遍，諾德幾乎想放棄了，死神通知的畫面結束太快，本來就沒記清楚，現在大家還都上床睡了，只露出一顆頭，更難認。

娜希雅倒是看得很認真，對著一張床上兩個女孩看了又看。

「她們不像姊妹！」

諾德想不到等了半天，聽到的話，怎麼也想不出和要找的替死鬼有什麼關係！看到諾德疑惑的表情，娜希雅有點尷尬。「抱歉！我只是好奇。」

「哦！」諾德也不能說什麼！他一點辨認能力都沒有，反正時間還很多，隨她吧！人找不到，轉到外面田裡找池塘，遠遠地看到好幾個靈魂聚在一起，接近過去，現場有兩人在打架，旁邊圍了五個人在看。

諾德想是因爲這次安婭應該不會來，所以他們就用回這最粗魯的辦法，不過他本以爲會打群架，沒想到只有兩人。

問了旁邊的人，說時間還多，兩個、兩個，輪流慢慢來。

諾德心想這樣不擅常打架的永遠也沒機會，難怪有人就是不甘心硬要亂！還是像安婭那樣用藥比較方便。

「怎麼樣？你也要打嗎？還是直接認輸？」

有人問，諾德連忙搖手！「不！不！我認輸。」

娜希雅卻上前。「請暫停！」

所有人全看向她，扭打的兩人互看一眼後，也停手分開。

「我和你們打，你們一起上。」

諾德驚疑，打架的其中一人說：「小姐，妳是以爲我們會因爲妳是女的就讓妳嗎？不會！妳直接認輸，在旁邊看就好。」

「等一下！」有一個靈魂大叫：「安婭說她把她和潘迪的藥都搶走了。」

其他人馬上驚慌了！娜希雅很沉靜。「我丟了。」

有人放了心，有人提醒。「不是有沒有丟的問題，是她很厲害！」

打架的兩人眼神互瞄，他們打過無數次架，無形中有了默契，猛然同時出手！襲向娜希雅。娜希雅左閃右躲，沒多久，一旁就有人搖頭。「輸了！」

「唔，先把她送走也好。」

有人瞪向諾德。「是你要她來的嗎？以前明明都說不抓的，最近更是消沉得不得了！爲什麼突然變這樣！」

「呃……」諾德一步步後退，他認出這人是把他帶去丟在森林裡的其中一人。

娜希雅就像一團煙霧，一下在這人身前，一下到那人身前，那兩人被她引得一再打到對方，她一點也沒有被碰到。

那兩人終究是認輸了，其他人不甘願又不敢上前打，靈魂們又三三兩兩各自分開，討論起其他策略。

諾德斜起嘴角。「你們都輸不起嗎？輸了就要放棄！」

「哪有這麼快就決定好給誰，那我們來幹嘛？先等更多人來再說！」

「應該希望其他人都不要來更好吧！尤其尼曼不知道在哪？」諾德低聲呢喃。

這一晚，有人說到在旅館看過娜希雅和別人不一樣，不是昏迷！應該還可以撐很久，請她退出。有人問她突然來的原因是什麼？有人說她是外地人，別和本地人搶。還有一次所有人聯合起來猛然偷襲，失敗。

而娜希雅一句話也沒說。

◆

東方露出微微的紅光，娜希雅給諾德一個眼神，找他一起回村裡。

其他人開心極了。「我們再重打一次，輸的人去那邊把她擋住，不要讓她過來！」

「順便也把慢來的都擋下來。」

「可是怎麼擋啊？她動作那麼快！」

大家沉默了，過了一段時間，又重新打起來，也許打一打就會想到辦法了。

◆

村裡人起得早，女人燒柴煮飯，男人餵牛，準備外出耕田的工具。

小孩子大多還在睡，接下來的時間，每看到一個小孩出來，娜希雅就會多注意打量。

看她注意穿著乾淨的孩子，諾德說：「不是他吧！穿的差很多。」

「現在才早上！」

她是認爲到黃昏就會變得很骯髒老舊嗎？雖然有可能，但也差太多了！

早飯時間過了，男人們出門了，小孩子有的跟去田裡幫忙，有的結群去玩，昨晚讓娜希雅好奇的兩個女孩拿著籃子出門。

「是她！」娜希雅指著兩個女孩其中之一。「掉進水裡的是她！」

諾德上下細看，她們穿的衣服確實比較老舊，可是不少孩子也穿得差不多。「妳怎麼看出來的？昨天那個畫面，我連是男、是女，都看不清楚。」說到這，那個女孩正背對他，短髮讓他覺得，這背影，他也看不出是男、是女。

「她不是這裡人！昨天的畫面，她踩石頭時特別謹慎害怕，不是習慣在鄉下活動的人。」

諾德完全沒看出來有這回事，回想也想不出來……「妳怎麼知道她不是？」

「她的臉和手都很白皙，和其他孩子不一樣，不像常在幫忙做事的。」

諾德這才注意到那女孩雖然頭髮散亂，臉上也不乾淨，但不髒的地方確實白嫩。

「那是故意抹的？」

「應該是想跟大家一樣！」

諾德想到在城裡時，不小心身上哪裡弄髒了，爸媽會馬上要他們洗乾淨！但到這裡的朋友家時，只要不太誇張，大都是隨便他們玩到吃飯前才洗。

「想不到！總是光鮮亮麗的娜希雅小姐會注意到這些！」

「演歌劇的時候，富有、貧窮角色都演過。」

「啊！對哦！」

他們這天就一直跟著兩個女孩，她們拿著籃子到田裡各處水池邊採野菜。

「那個野菜可以煮湯。」諾德對娜希雅說明：「以前我們來的時候，喝過很多次，他們說常喝對身體好。」

那個女孩子不太會挑選，邊找邊問另一個女孩對不對！

「果然是外地人……」跟他以前一樣不會挑，諾德忽然對她產生了親切感。
「這個可以給昏迷的人吃嗎？」女孩採了幾棵後問。
「我不知道耶！回家問爸媽看看，還是妳拿回去問醫生？」
諾德忽然警覺，看向娜希雅。「她會不會認識誰昏迷了？」
「不是昏迷就會靈魂出竅的。」
「是沒錯！可是有就可以拉來一起幫忙。」
但是他不能光明正大地去找人來認，這樣會讓大家全知道目標找到了。

◆

跟著兩個女孩，遠遠地看到會出事的池塘時，諾德看到他們真的打群架了，而且人數看來變少了。
娜希雅要諾德留在這，她過去看。
諾德看著她飛過去，繞一圈，急速飛衝回來，拉著他鑽進麥田裡，直往村子方向。
快到麥田邊緣時，娜希雅查看周圍沒人才放手，低飛進村子裡，躲到屋間縫隙，注意外面動向。「有人拿了藥來，好幾個人癱倒了。」
「安婭還是來了？」諾德想：他們又白打架了。

「應該不是！我沒看到她，他們在搶藥，聽說安婭灑藥很少失誤，大家才會顧忌她，不太可能來了會被搶走。」

「娜希雅小姐，妳不能把它搶過來嗎？」

「他們搶到藥就亂灑，不好靠近，讓他們自己互灑就好。」

諾德一拍手！「這樣好！人少就方便了，可是妳有看到尼曼嗎？」

娜希雅搖頭。

◆

小女孩採野菜回來，諾德跟在她們旁邊，直唸著「妳們不要再出門了！」

兩人當然聽不到，吃過午飯沒多久，就出去玩了。

她們到處玩耍，遇到人就聊幾句，諾德從聽到的大概判斷，小女孩的爸爸昏迷很久了，她沒有其他親人，太無聊了才換裝偷跑出來。

「爸爸昏迷，僕人就不管她，讓她亂跑到這麼遠的地方來？」諾德有點生氣！這女孩看起來沒比他妹妹大，竟然自己從城裡出來。

娜希雅的目光跟著女孩轉動。「主人昏迷久了，這麼小的孩子也就沒有幾個僕人願意盡心照顧了。」

諾德想到聽過有富翁死了以後，孩子太小，財產被親戚侵占，小孩放出去自生自滅……這個小女孩現在穿得差，是自己好玩換的，搞不好以後會變真的，如果她的爸爸也要抓替死鬼，他是不是應該要幫忙？

◆

兩個女孩又到那個會出事的池邊時，諾德遠望過去，只有一個靈魂坐在水邊。女孩們靠近，他還是坐著，沒什麼反應。

他們慢慢地飄過去，看到水面上浮著幾個紙片人，水邊也有一些，但這些紙片大都沒有之前看到的薄，有的還會動，會掙扎。

諾德也看清楚了，坐著的那人是他剛認識的奧奇，看樣子應該是他獲得最後勝利。

諾德怕被灑藥，不敢靠太近，娜希雅快速繞到奧奇面前去看，發現他精神不佳，便不再擔心，招來諾德。

奧奇看到他們。「結果慢來比較好嗎?不要下水，藥倒進去了。」

諾德緊急停在水面上一段距離，轉向娜希雅。「那個藥有這麼強？」每次看安婭拿藥瓶都很小，倒進這一大片水裡還會有用？

娜希雅搖頭。「我不清楚。」

奧奇看諾德不問他，卻問根本沒抓過替死鬼的娜希雅，知道他不相信，又說：「我只是提醒你們，強不強我也不知道！我有說過，就算我們抓不到，也希望別人抓到，減少對手，我也被灑到一點藥，不知道來不來得及恢復，只好先麻煩請你們一定要成功，至少離開一個！」

他說完看諾德有點放鬆，又想到一點。「小心周圍！應該有人也只被灑到一點，裝昏。」

諾德和娜希雅一聽立刻往上飛升！

諾德往下看來看去，特別注意那些沒有完全變薄的人。「看不清楚尼曼有沒有在下面。」

娜希雅稍微降下，一個個慢慢檢查，還看不到一半，就指著一個一半在岸上，一半在水裡，半薄的人。「尼曼在那裡！」

諾德也稍微降下去看，果然是，而且他沒完全變紙片卻不動，應該就是裝昏了。

兩人看著女孩們玩到太陽西下，期間，注意到尼曼幾次蠕動，但怎麼也動不了多少，就不去管他了。

女孩們離開了，諾德和娜希雅想是她們有東西掉了或忘了，會再回來，時間應該快到了，便降下去，準備隨時救人。

下降途中，尼曼對他們招手，兩人都不理他，他又招了幾次，那個會出事的女孩跑回來了。

尼曼轉向奧奇招手，奧奇已經好了很多，也不想理他，正在考慮以他現在的狀況，和一個女生、小孩搶，有沒有機會搶贏！

小女孩順著水邊往下探看，諾德跟著她看。

小女孩跪到那塊石頭上，伸手下水去撈東西，諾德順著她的手看下去，想看出她要撿什麼！

小女孩盡力把手伸得更長，娜希雅看出來。「有塊紅色的石頭！」

諾德一聽也看到了，想是小孩對顏色不一樣的石頭感興趣，他伸手，想直接把那個石頭弄起來。

只有指頭大小的石頭，他現在操控得很輕鬆。

小女孩看到石頭突然往上浮，也沒想爲什麼！高興地伸手去拿。

「噗通！」

「啊！」娜希雅和小女孩同時驚呼！

諾德錯愕！小女孩伸手時，腳沒跪穩，就滑下去，頭直接栽進水裡。如果他沒讓石頭往上浮，她本來還小心翼翼的。

娜希雅看他呆住，忙喊：「快把她弄上來！」

小女孩在水裡手忙腳亂！把頭轉向上，伸手往上要抱住石頭。

諾德想到死神說她可以自己爬起來，一面不斷唸著「妳快點爬起來！千萬要爬起來！」一面和娜希雅一起使力控制，要把她拉起來。

奧奇看到這，切的一聲。「原來他們是來亂的！既然這樣！人哪有那麼好控制，就讓給我吧！」

他飄到那邊，提起勇氣，決定賭藥入了水裡被稀釋，藥效應該弱很多，鑽了下去。

諾德大驚！娜希雅又喊：「不要理他！專心拉起來！」

另一邊尼曼還在邊不時招手，邊慢慢蠕動下水。

小女孩抱到石頭了，諾德稍微放心，更加有信心快拉起了。

小女孩整個人都還在水裡，一直上不來，諾德在想怎麼還爬不起來的時候，奧奇先飛出來了。

「她沒救了，可惡！不知道誰搶先了！」

諾德和娜希雅大驚，同時問：「什麼意思？」

奧奇攤手。「她的腳被水草纏住，上不來了。」

「你怎麼可以這樣！還騙我們說不能下水！」

「不是我！就說了……」他還沒說完，諾德和娜希雅同時鑽入水裡。「不知道被誰搶先……」

他看兩人在水下先是去拉水草才發現拉不到，急忙改用操控。「呆子，那麼好解，我就自己來，換我把她弄死，那麼多水草纏在一起，要弄到什麼時候！」

小女孩漸漸抱不住石頭，當她終於鬆開往下沉時，奧奇搖了搖頭。「我先走了。」

離開時，他看到尼曼還在努力，感嘆起他大概可以算是所有人裡最拼的吧！擺明沒他的份了，還想努力。

他靠過去想嘲諷幾句，叫他不用拼沒希望的事，映入眼裡的卻是眼淚！「不會吧！都失敗那麼多次了，幹嘛哭啊！還是你期限快到了？」

尼曼說了話，很小聲，奧奇聽不清楚，貼近去聽後，身形一頓！回身看向小女孩落水處，又切了一聲，急衝過去！下水幫忙。

「妮可！」另一個小女孩在後面慢慢走來，看水邊沒有人，大喊起來。「妳在哪啊？石頭找到了嗎？妮可！」

娜希雅手一轉，把水草往上拋出水面。

「那是什麼？」岸上的小女孩看到水草，跑了過來。

奧奇則是驚問：「妳幹嘛？亂搞靈異事件，死神會不高興的！」

「住水邊的孩子大都會游泳。」

「妮可！」女孩一到水邊，看到朋友在水裡，驚叫一聲，立刻跳下水，手腳俐落，快速拔開水草，把妮可帶上岸放平，雙手壓她胸部。

三個靈魂浮出水面，奧奇一臉驚奇。「好厲害的小孩……」

「我去引人來！」娜希雅留下這句話，迅速飛走。

諾德緊張地看女孩子急救，喃喃說：「難怪她敢約城裡的朋友來這裡。」說完又想到一件事，轉向奧奇，鞠躬！「謝謝你回來救人！」

奧奇看向尼曼方向。「她是尼曼女兒！我去把他帶過來。」

「啊？」

六、人人喊打

「黛安！黛安！」諾德一回生與死的交界，下橋就拉開喉嚨大喊。

黛安從容地站在噴水池前。「什麼事？」

「我問妳！，你們指定的替死鬼都是故意的，對吧！對吧！」

「這個不屬於我負責的……」

「那妳叫負責的給我出來！」

「你先冷靜下來，先告訴我什麼事……」

「不是妳負責的，跟妳說有什麼用！快點給我叫負責的出來！」

黛安看諾德旁邊的娜希雅和奧奇都沒有要幫勸的樣子，只好說：「好吧！等等！」

沒過多久，奧奇第一次知道，原來死神也可以叫來的。

「什麼事這麼急？我在忙！」死神一過橋就開口抱怨。

諾德沒等他過來，直衝上去，才發現這個死神又長得不一樣了，但是他沒空管這些！

「我問你！你指定的替死鬼都是故意的，對吧！故意指定我們認識的人，說是要幫我們，其實根本是在耍我們！」

死神嘆氣。「遇上認識的人是難免！你不能希望你認識的人永遠不會遇到意外。」

「少來！帕里城有兩萬多人，我們這裡才十幾個人而已，每次都剛好有人認識，哪有這麼誇張的！」

「意外是很難說的……」

「藉口！你就是故意的！我來這裡還不算很久，就很多事情都跟你說的不一樣！我才碰到幾次抓替死鬼，就每次都有人認識，聽說以前也常常這樣，絕對不可能！幾十、幾百年，每次的替死鬼都剛好和這裡的靈魂認識吧！」

「也沒有每次……」

「少扯開話題，快點回答！」

死神冷哼一聲。「你就是想強迫我說是！」

「因為你本來就是！」

「是！所以呢？你知道嗎？我們死神非常忙碌，每天每時都有人死……」

「少扯些有的沒的！那關抓替死鬼什麼事？」、

「有關！」一句話成功讓諾德勉強決定先聽他說完。「帕里城有兩萬多人，可是死神只有三個，永遠沒有休息的時間；有時候一下子死太多人，更會來不及工作。在這種情況下，你們這些快死卻還沒死的人，老愛妄想自己還有活下去的機會，不管我們工作忙碌，硬是纏著我們幫忙，你說你們把我們煩成這樣，還有什麼資格提要求？」

「當初明明就是你自己跑出來的，你不來的話……喂！喂！」諾德話還沒說完，死神已經轉身上橋了。

「可惡的傢伙！」

奧奇皺著臉。「所以是故意要我們嗎？我還真的一直以爲遇到認識只是倒楣！」

「哪有那麼剛好！大家輪流倒楣！」諾德氣壞了，剛才妮可被娜希雅引來的村人帶回去了，尼曼跟去了，那是她的女兒，水草是他集中到那裡去的，在大家打架，搶藥的時候，他先趁混亂潛入水裡佈置水草，之後再故意被灑到藥，讓大家對他失去戒心。

哪知道！後來兩個女孩到水邊玩時，他聽到聲音覺得熟悉，努力了幾次，終於看到那真是他女兒，才會一再招手。

妮可能不能救得活，現在還不確定，諾德一想到如果她死了，尼曼活了，他未來就會一輩子活在自責中，就忘了平常多不喜歡尼曼，把這一切全算到死神頭上，立刻帶了娜希雅衝回來罵人。

死神跑了，諾德氣沒地方發，又對著奧奇大叫：「聽到了吧！他只是在耍我們！以後不要再抓替死鬼了，我們要自己想辦法活回去！」

「……自己想什麼辦法，舉個例子？」

「就是之前說的求生意志啊！」

「之前也有說那非常非常困難，你想個比抓替死鬼更簡單的辦法，再來跟我們說吧！」奧奇揮手，要去平常待的地方休息了。

諾德咬牙！「不然！我們團結起來反抗他？強迫他讓我們回去。」

「你做夢吧！他是死神，他要我們死，我們馬上就死了，還反抗？」奧奇遠遠地回了這句，把諾德當成氣壞腦袋的笨蛋。

娜希雅也飄回左邊的樹下，諾德追上去。「等一下啦！娜希雅小姐，妳不生氣嗎？萬一亞里恩先生也被指定的話……」

「我會在這裡注意的。」

「不是！妳如果回去，說不定他就不會有意外。」

「意外不是死神決定的！」

諾德一愣！才想起當初死神說過他只負責通知何時何地會發生意外，但那是真的嗎？是故意只挑靈魂們認識的人通知？還是根本都是他設計的？

◆

後來靈魂們回來比較多時，諾德又跟大家說死神是在耍人的事，有人半信半疑，有人絕望，也有從沒遇過認識替死鬼的人還是覺得：那又怎樣，還是有聽說有人成功的啊！

後來，安婭也回來了，諾德又跟她說。

「靠求生意志就可以解毒？」安婭臉色沒有過去溫和。

「不是！妳那裡還有醫生在治療啊！只要妳有求生意志，加上醫生治療……」

「大家都想活，都有求生意志，小孩就是天真！人也想跟死神拼。」

諾德被安婭愈來愈兇悍的口氣說得有點想後退，他強忍下來。「其實……妳的求生意志不夠吧！因爲中毒事件是妳搞出來的，現在潘迪死了……」諾德深呼吸說：「妳怕回去面對更多病患死亡吧？」

安婭雙眼大睜！怒瞪他一會，甩手走了。

周圍的人你看我，我看你，有人也在想，好像真的是不夠，就想說有機會抓到就抓到，沒有也只能認了。

奧奇攤手。「照我看來，尼曼應該是我們裡面求生意志最高的了！還不是昏那麼久！」眾人紛紛點頭。

諾德看說不下去了，想去找老伯，但又不想叫黛安，就自己花了一番時間找到那個池。他又把靠求生意志回去的話拿出來說了半天，老伯當然早就知道以前有人靠求生意志回去了，他先是靜靜地聽，後來拍拍他的肩膀。「你才十幾歲，還有大好人生可以發展，是該有求生意志，但是我老啦！再活也沒多久，能看到你回去就很高興了。」

「不是！老伯，活比你久的人很多……」

「比我更早死的也不少啊！」

這樣是在比爛吧！諾德還想再說，老伯揮揮手。「我還要看孩子。」

諾德望進池裡，他看不到老伯家人，但他有疑問！「老伯！你不擔心替死鬼會是你的家人嗎？你常常在這裡看，不怕錯過通知？」

「他們被指定的機會不大，一直在那裡枯等太浪費時間了，不如在這裡看他們，等他們睡時，我還能四處走走，認識這個地方。」

「老伯你這種想法太僥倖了！機會不大也是有啊！而且你只想看他們的話，還不如回去守在他們身邊，更親近說不定會讓你更有求生意志。」

「我有個孫子在外地念書，只能從這裡看到。」

諾德當場覺得這個池很礙事，可以看到遠方的人方便得太過頭了！

又待了一會，諾德想這裡的每個人他都說過了，沒有人想聽，還是過段時間再說好了，現在先去看弟弟、妹妹吧！那是他活下去的動力！

◆

經過噴水池時，空無一人，去問娜希雅，連她都不在。

「咦？咦？她是跑去別的地方，還是出去了？」諾德左思右想，再不願意，也只能叫黛安來問。

「她沒有出去，進森林裡了。」

聽到沒出去，諾德就安心了，那至少代表這次的替死鬼不是亞里恩先生。「呃！那！妳可以告訴我替死鬼是誰？還是在哪裡？」

「詳細的我沒有能力重現給你看，只能告訴你是一個男人，地點在街上。」

這範圍也太廣了！滿城有一半是男人！大街小巷合計上百條！諾德再看黛安露出無奈的笑容，人家當初一開始就說了，錯過通知，沒人會補說的。「算了！只能希望我不認識了，我先走了。」

◆

中央廣場周圍有很多商家，攤販從清晨就開始叫賣，諾德爸爸住城南外的朋友，梅森先生，每隔一段時間就會拿自家的蔬菜、水果到這裡來賣，現在，諾德就看到他了。

他真希望他沒看到，因爲他同時看到了城裡和奈汀格先生一樣出名的波特，只不過他是個惡霸，靠著壯碩的身體，常常向這附近的商家、攤販免費拿東西，剛才他拿到個精緻的瓷瓶正在賞玩，一不小心被旁邊經過的人撞到，掉到地上，摔壞了。

他火大抓起那人的領子要他賠，剛好在旁邊擺攤的梅森先生過去幫忙勸架，拜託他高抬貴手。

諾德嚇到了，萬一波特把氣出到梅森先生身上，以後他會很難在這裡賣東西的，那樣他要幫忙收養他的弟弟、妹妹就更困難了。

而且，他明明就看到那個瓷瓶是波特自己沒拿好才掉下去的，沒有人撞到他。

諾德想教訓波特，控制個東西去撞他，可是人太多了，他怕被人看到，又怕波特被撞找別人出氣。

在他左看右看找適合的東西時，波特走了，梅森先生安慰一下那人，就各自做自己事了。

「……」諾德看著波特遠去的背影，有人在他背後做出打一拳的動作，也有人朝他做鬼臉。「替死鬼指定這種的不是比較好嗎？」

◆

弟弟、妹妹在奈汀格家依然過得舒適，諾德把草環套到他們手上，守了一段時間，認爲繼續看這種安心的生活激發不出什麼求生意志，不如去街上轉轉，看有什麼特別的事。

利用靈魂飄得快，又不會被擋路，他一條街一條街地逛，很少去的地方、沒去過的地方、沒看過的房子、沒看過的店面，順便看有沒有哪裡在徵人？

街上的人愈來愈少，各家房子透出來的燈火也漸漸熄滅，沒有什麼可以看了，諾德從來沒有自己一個人晚上在街上過，現在機會難得，乾脆再四處逛逛，看看大人說的晚上外面很危險到底是怎樣？

當所有店面、住戶都暗下後，諾德飄得高高的，看哪裡還有亮光，就往哪裡飄，大都是旅館、少數酒館、還有拿著火把趕路的人。

他進去幾間旅館到處看看，酒館小孩子不能進去，他也沒多想，直接略過。

飄著、飄著，差點飄撞到人，他一嚇！才想到靈魂怎麼會撞到人！

對方也是個靈魂，看清楚是他後，說了句「你不是要靠求生意志嗎？晚上出來做什麼？」就要走了。

諾德急喊住他！「請問！你是在找替死鬼吧？可以告訴我是誰嗎？」「你又不抓！有什麼好問的！」說完加快飄走。

諾德看人家擺明不想理他，也就算了！繼續飄高飄低找有哪裡可以逛。又是一間酒館，諾德往下到一半，看清楚招牌就要往上飄了。

「不對！我進去又不會被看到，我怎麼現在才想到！」

他先探進頭去，裡面燈火通明，幾乎客滿，喧鬧聲特別大！「想不到！真的有這麼多人到現在還沒回家。」

看過一遍，沒什麼認識的人，他就興起想去其他家都看看的念頭，便開始回想剛才哪裡有看到酒館，重新找去。

有一家酒館剛好開門，有人出來，諾德本沒想多看，直接就要進去，卻聽到那邊傳來「我沒醉！」的聲音十分熟悉。

有三個人出來，其中一個搖搖晃晃的，兩人把他推出去，塞了火把到他手裡。「你醉了，快回去！」然後趕緊進屋，關門。

那人還在喊「我沒醉！」猛力敲門！

那個人是波特，諾德驚愕！「居然有人敢這樣對波特！嗯……是因爲他醉了吧？可是喝醉還拿火把給他自己回家，也太危險了吧！」

波特鬧了一陣，始終沒人回應，就抬頭看了一眼火把。「回家就回家！呃！」左看右看，轉向右邊。「這邊吧！」

「算了！應該也沒人想送他回家。」諾德開始在想波特家在哪裡。「真的是那邊嗎？有沒有走錯啊？」他猶豫好半天，看他愈走愈遠，再看看酒館。「還是跟去吧！拿火把太危險了！」

路愈走愈不對勁，諾德雖然不確定波特家在哪裡！，但大概知道個範圍，現在方向偏太多了。

又一個靈魂出現，這次是對方主動來攀談。

「諾德小弟，又見面了！」

是尼曼！諾德轉頭，看他心情不錯。「你回來了！你女兒還好嗎？」

尼曼握住他的手。「謝謝你幫忙救她，她好多了，只是醫生說她以後身體會很虛弱，很容易生病。所以，你再我幫我一次，讓我快點回去照顧她好嗎？」

諾德慢慢地抽回手。「不了！我今天有別的事。」他邊說邊瞄向波特，怕漏看了他突然轉彎。

尼曼順著他的視線望去，看到是波特，有點驚訝。「你幹嘛跟著他？你們有關係？」

「沒有！看就知道了，他喝醉酒，還拿火把，很危險！」

「諾德小弟！」尼曼又重新握住他的手。「你人真好！連這個討厭鬼的安危你也擔心。那這樣我也不用你幫多少忙，只要告訴我這次的替死鬼是誰！地點在哪裡就好！」

諾德又一次抽出手。「你不知道替死鬼？」

「不知道啊！我回去的時候都沒人了，唉！果然都沒人關心我在不在。」

「那我也不知道。你聽我說，既然你那麼在意你女兒，就應該要憑著求生意志回去。」

「啊？求生意志我當然有，但是也要死神放我回去啊！」

波特愈走愈遠，再不跟真的要看不見了，諾德不想再理他，丟下一句話快速跟去。

「反正我不知道！你去找別人。」

「別人，我已經遇到好幾個了，就你跟我說最多話……」

尼曼前後左右看了看，他也只從黛安那裡問到「一個男人，在街上」，再加上「半夜以後」，現在已經過半夜了，都不知道時間到底過了沒。看諾德愈來愈遠，想反正也沒有目標，就跟過去吧！

波特走走停停，有時還會去開路邊住家的門，開不起來，就喃喃唸著「不是這間，又走錯了。」然後換到隔壁家再開，都開不起來，才前後左右轉圈！「不對！這都不是我家！都不是……」

接著隨便選個方向繼續走，來來去去，同一條路走了兩遍以後，尼曼開始覺得諾德吃飽太閒，乾脆把火弄熄不就好了，反正他醉醺醺的，有光也沒在看路。

他四下找了找，沒找到合適搧風的東西，就想把火把搶過來摔地上。

他想了馬上就做，雙手伸出，對準火把，用力拉回。

「誰啊！不要搶我的東西！」火把一鬆動，波特馬上兩手緊緊抓住。

諾德一驚，回頭看到尼曼手勢。「你幹嘛？」

「把火丟掉就好，一直跟著他幹嘛！你也來！」

「你這樣跟人搶東西，太明顯，他會到處說的……」諾德的說話聲愈來愈小。

「醉鬼說的話沒人會相信啦！快點！」

雖然好像有理，但是諾德已經不用考慮到底要不要幫忙了，尼曼慢慢地癱軟下去，安婭剛才偷偷飄到他背後，朝他灑出藥水。

「咚！」的一聲，接著「哇啊！」用力抓回火把的波特，因爲尼曼突然軟倒，也跟著向後倒地，手上火把飛了出去！

諾德驚呼！火把往旁邊人家院子飛去！

他立刻衝過去！火把又被丟出來，他急急退開！才想到火把碰不到他。

院子裡飄出個靈魂，老伯！掃視現場幾人，諾德印象中第一次看到他這麼不高興。

「不要隨便把火丟進別人家！」

諾德不知道要不要解釋那不是他丟的，安婭一臉無所謂。「只是意外而已，現在是怎樣？因爲對象是波特？所以大家樂得到處宣傳嗎？沒聽到通知的人一下子冒出了三個！」

諾德瞄一眼正在爬起來的波特，沒想到自己剛好跟到這次的替死鬼。「不是！我……」

「這裡是我家！」老伯斜瞪爬起來找火把的波特。「等一下要幹什麼！都不要影響到我家裡！」

諾德重新注視老伯身後的住宅，才有點印象他最初被老伯帶去愛薇家時，就是從這裡出來的。

「所以你只是剛好回家來看？」安婭稍微放鬆，轉向諾德！「那你呢？」

「我是看他酒醉拿火把到處亂走很危險……」

「然後順便把尼曼帶來？」安婭不相信。

「……隨便妳要怎麼想。」

老伯飄過來把諾德拉向自己家。「我相信他！妳不要亂來。」

諾德放心老伯沒把他當成丟火進他家的人，又看波特已經撿回快熄滅的火把，正用力搧要把火加大，再問安婭：「妳最先到？」

「哼！」安婭冷笑一聲！「被我看到的人都在路上就那樣了。」她指向地上薄薄的尼曼。

「那不是很浪費藥嗎？妳就不怕不夠用，還是像上次被搶走。」

「只要你們不要亂，這次不會失敗了！之前是因爲潘迪時間比較短，怕常煉藥會錯過替死鬼，才盡量節省，現在他死了，我就算花時間重煉也是我自己的事！」她舉起藥，瞪著兩人！「當然！我也不想一再重煉，所以，要比誰先出手嗎？」

她知道老伯有解藥，說的是比她和老伯誰灑得快。

諾德眼神直看向她身後，娜希雅在那裡！他和老伯退後一些。「那個！妳是藥師助手，把人弄死不太好吧？這樣就算回去也會一輩子不安心的，中毒的人還有很多，妳沒幫成潘迪，還有其他人可以幫忙。」他邊說邊退。「妳要是那麼愧疚的話，應該要更有責任心，想說回去能救盡量救啊！」

「你想說只要我這樣想，求生意志就會強到可以不管死神，直接回去嗎？」安婭嗤笑。「反正你沒有要抓，就給我消失！」

諾德還要再說，老伯把他拉進屋裡，娜希雅也偷偷地在安婭身後鑽進院子裡。

「等等啦！老伯，你都出來了，不幫忙阻止嗎？」

「我只是因爲事情發生在我家外面！」

可是剛才諾德看波特已經走遠了。

老伯繼續說：「有些人死了，會有很多人拍手叫好，就不要多事了。」

「是沒錯，可是自己把它弄死也太……」

「那是死神指定的意外。」老伯在自家客廳端坐。

諾德看娜希雅明明碰不到椅子，也學他假裝坐在椅子上，只好也一起裝模作樣。

「在這裡等吧！不忍心就別去看了。」

諾德無奈，又覺得過於安靜，開始找話閒聊，知道是娜希雅通知老伯來的。又問娜希雅既然出來了，要不要回去旅館看看，結果沒有回應，客廳裡依然沉靜無聲。

「老師在旅館養傷。」不知道過了多久，娜希雅發出微弱的話音。

諾德愣了愣，才聽懂她原來是不想去旅館看到老師，可是那天事情一結束，她立刻就走了。「妳怎麼知道的？」

「亞里恩不會放她不管的。」

妳應該也不會吧！諾德這麼想，趁這個機會告訴她，老師原本沒有想把她害這麼慘的事。

娜希雅看著他好一會，後來低下頭去，一直沒有說話。

時間久了，諾德想是該注意外面的聲音了，三個人安安靜靜的，老伯偶爾假裝倒茶喝水，娜希雅在想應該把草衣拿出來繼續編，諾德飄來飄去，東看西看，嘆息窗外有院子圍牆擋住，看不到街上。

外面又傳來咚的一聲，老伯起身，諾德緊張地跟他出去！

外面隔三四間住宅，波特倒在地上，額頭有傷，像撞的，老伯靠近查看後，向他們搖搖頭表示沒救了，又指向旁邊的柱子「他撞到這裡！」

給酒醉的人拿火把果然沒用，諾德這麼想，問：「安婭是讓他撞得更大力？」

老伯點頭。「回去吧！黛安會讓我們看安婭回去的狀況。」

◆

黛安看到諾德拎了幾個紙人回來，那是他回來前看到尼曼還攤地上，就順便在周圍找一找，撿了三個回來，她伸手要來，諾德不知道她要做什麼！但反正也是要找地方放，就給她了。

黛安把紙人一個個排好，手比來比去。

諾德給了老伯發問的眼神。

「她要把他們弄醒，因爲有人成功回去的機會很少，所以只要人在這附近，都會找來一起看，昏迷、睡覺的都會弄醒。」

諾德難得覺得這個死神的夥伴還算有點良心。「那還有人昏迷在外面的？」

「要看安婭什麼時候醒。」

靈魂們回來時多半心情大好，有人也帶著紙人一起回來，有的不知道結果如何，回來開口就問。

「是安婭，我早就說了，她如果不要跟潘迪合作，早就回去了，我們也不用一直被迫讓她。」

「這是我來這裡以後第一次遇到有人成功，太好了，現在開始轉運啦！」他們高興得簡直像是認定這次有人成功，下次就會輪到自己一樣。當黛安從噴水池放出安婭醒的景象時，歡呼聲更像是現在大家正在排隊輪流等醒。

診所裡一下子忙碌起來，在這起中毒事件裡，還沒發生過有人昏迷後再醒。安婭蒼白的臉上露出欣慰的笑容，大家也彷彿覺得那就是自己的未來。

忙到一個段落，醫生說好轉很多，再吃十幾天藥就可以離開了。

同房另一個沒有昏迷的病人，好不容易等到結束，跟著醫生出了門，小聲說：「既然她醒了，能不能把她換到別間去？」

「有什麼問題嗎？」

病人把醫生推遠一點。「你懂的啊！誰想跟她一起？」

「換去別間，別人也不願意，都已經一起那麼久了……」

「之前反正她又不會做什麼！就忍了，現在她醒了，很難繼續忍受啊……嗯？」病人忽然停下來，思考了一會。「醫生，你有沒有覺得我怪怪的？好像哪裡不太對勁？」

醫生上下打量他，又仔細看他的臉色。「有哪裡不舒服嗎？」

「不是！奇怪……」病人回頭瞥向病房，又想了一會。「爲什麼我討厭她？我以前有討厭她嗎？」

醫生聲音壓更低。「大家都討厭的，因爲她常常……呃……嗯……她有常常做什麼討人厭的事嗎？」

「就是忽然想不起來才問你。」

靈魂們你看我，我看你，有人問：「安婭原來以前就討人厭了嗎？喂！你不是以前就認識她？」

被點到的靈魂也是驚訝。「沒有！我只是去他們診所會看到她，不算認識。我不知道她有被討厭，不熟不知道啦！」

「因爲他們把她當波特啦！」尼曼說得理所當然。

「現在這種時候請不要講無聊的話好嗎？」一個靈魂很不高興地瞪著他，其他人點頭附和。

噴水池裡的畫面消失了。「就是他說的那樣沒錯哦！」一句話讓大家的眼光從尼曼驚愕地轉移到黛安身上。「既然接收了替死鬼的生命，就要把替死鬼的缺點也一起接收做爲代價。」

七、反擊的動力

「所以如果抓到我的話，就是要一輩子虛弱無力囉？」

熟悉的女聲讓諾德猛一轉頭！愛薇不知道什麼時候又回來了。

大家也全轉看向她，黛安則給了肯定的答案。「沒有錯！」

「虛弱無力……和一直昏迷……」有人陷入沉思，比較兩個的優缺點。

「至少醒了，還是比較好吧！」

「可是虛弱到什麼都不能做的話，還不如現在這樣比較自由！」

大家來來去去比較了幾句，有人轉了話題。「那如果是抓到奈汀格先生……」他來不及說完。

「你說什麼！找死！」

「那我絕對會讓你回不去身體裡！」

那人慌張地退後。「問問而已！問問而已！大家別生氣。」

但還是有人衝過去追打，現場一片混亂，黛安也消失了。

諾德看他們追鬧，長長嘆氣。「自己靠求生意志回去，就不用擔心這些了啊！真是的！」

「求生意志還要加上名醫才更有用，走！去那邊，跟你們說件事！」愛薇拉著娜希雅，招呼諾德和老伯一起到左邊樹下。

◆

各自選好位置，諾德率先開口：「妳不是要到處玩嗎？回來得真快！」

「有事就回來啊！我有好消息，跟你們說哦！我在格瑞城聽說有一個名醫，他連快死的人都救得回來……」

「格瑞城！」諾德驚叫！「妳是真的去了嗎？那好遠，聽說至少要走一個月！」

「不用！這裡每區距離只有一兩小時，再找人幫忙過橋出去就到了。」

「啊！」諾德雙眼發亮，這樣他也好想去。

「那裡街上好多道路都是斜坡，上上下下的好好玩！跟我們這裡不一樣……嗯！不對！我是要說那個名醫很厲害，我聽到很多人說他的事，像是有一個人說他有一次看到有人抱傷患哭著衝進醫院，那個傷患全身發冷，沒什麼氣了，醫生說要有心理準備，他看也覺得沒救了，可是後來還是救活了！」

諾德比較想聽前面的，他也想去看，他注意到旁邊的老伯眼神也有點發亮，娜希雅則沒什麼變化，大概四處表演看多了。「呃！我好像沒跟妳說過，我應該只剩十幾天而已，一個月來不及了！」是不是真的十幾天！他也不確定，都沒在注意時間。

「沒關係！因爲他已經在來我們城的路上！半個多月了。」

「那還要再走半個月……」

「所以，我們要想辦法把你們的身體送過去，老伯也一起想辦法吧！」

諾德驚疑！老伯點頭！娜希雅面無表情！「白癡醫不好的！不用麻煩了。」愛薇摟著她的手貼近她。「不對啦！來這裡不就是會死嗎？一定是哪裡有致命傷沒檢查到，又還沒發作，一定是那個治好，妳就恢復正常了，這樣我以後就還可以看妳跳舞！」

諾德想，最想死的人說這些話一點說服力也沒有，但這聽起來好像真的像是一種可能。「妳說這些，是也覺得不用抓替死鬼也可以回去嗎？」

「爲什麼不可以？」

「啊！妳以前看過被死神帶來的人回去過，對吧？」諾德想到這樣就可以激勵大家。

「沒有啊！」愛薇看著他們，再遠望噴水池邊的眾人。「大家都覺得來這裡要回去只能抓替死鬼嗎？」

「死神說的啊！」諾德順口說出就覺得很沒說服力，自己都覺得那個人常胡說了。

「可是有人可以自殺提早結束生命啊！一定也可以延後的，然後名醫又可以和死神搶人，所以不是只能靠抓替死鬼吧！」

老伯呵的一笑，娜希雅也擠出個笑容，諾德心花怒放！沒有人知道到底是真的名醫搶回人，還是死神本來就沒有要抓，總之！聽起來有人和他一樣相信可以和死神對抗，他就愉快。

「那妳應該也找那個名醫救活妳！」

「哼！我從小到大看過的醫生比我家的果樹還多了好不好。」

騙人！諾德腦中浮出愛薇家成排果樹的景象，至少有一百棵，絕對有！「才十一、二歲就看過一百多個醫生，也可以列爲奇蹟了。」

愛薇變臉了，她站起來叉腰指著他！「告訴你！我已經十四歲，快十五了！搞不好比你還大！你們這些人都自以爲是，也沒問過人家，就自己隨便說！」

「呃！對不起……」諾德愣住，聽愛薇開始嘮叨起以前各種各樣誤會，常被人家說小孩子不可以這樣，小孩子怎麼可以那樣，明明家境比較差的很多孩子十四歲都在工作了，如何如何……。

看來她的身體真的很不好，家境不錯，還能發育不良成這樣。諾德不敢打斷她，聽著、聽著，忽然就想到，也許她並不是想死，只是不敢有希望了。

「嗯，不，不對！不說了！我們現在就去看你們的身體。」愛薇一手拉諾德，一手拉娜希雅，就要出發。

諾德愣了愣，想也沒什麼不好，娜希雅則想掙脫。「不！我要留在這裡。」

「沒關係啦！沒有那麼倒楣剛抓過老師，馬上又換亞里恩先生的。」愛薇毫不停留，娜希雅剛要細想就被拉到橋頭了。

他們沒有過橋又折回噴水池邊了，死神回來了，帶著一個少年，還要他們跟過去。看到有新夥伴，除了黛安和尼曼，其他人一如以往地散開。在聽到死神要大家集合時，也只想到這個新來的可能是什麼特別人物，以至於在聽到要通知替死鬼時，還有人沒反應過來。

就是湊巧同時而已，有人驚嘆這新來的少年運氣好，有人抱怨死神幹嘛不先來通知再去帶少年，多數人則仍然認為新來的沒什麼威脅。

熟悉的畫面，快速的說明，說完就走的死神，還有照樣一窩蜂跟上的靈魂們，這次遇上不一樣的狀況。

「不准過去！」娜希雅張開雙手擋在橋頭，畫面裡的旅館大廳這裡沒有人比她更熟悉，看到那個曾經說過要和她過一輩子的人，她握緊雙拳，聽到替死鬼確定是他時，後面的不必再聽，她直接往橋頭擋路了。

死神就像沒有聽到她的話一樣，穿過她上了橋消失，但其他人就沒辦法了。

上次在城外小河邊發生的事情，讓部分人怕了她，不知所措！一些當時不在場，後來聽說的，覺得那一定是用了什麼手段，並不害怕。

還有幾個翡翠劇團的迷，本在噴水池邊猶豫，這時看有狀況，才圍過來。

「搶替死鬼就是這樣的嗎?誰打贏誰就可以過橋嗎？」新來的少年，開口第一句話讓周邊的人一愣，這口氣聽起來興致勃勃的是怎樣?

他旁邊的人推開他！「新來的沒你的份啦!你跟黛安去認識環境。」

少年回手推他！「爲什麼啊！死神明明跟我說先搶先贏，不用管新來後到的！」

「問一下！」在外圍的奧奇插嘴。「你有幾天時間？」

「兩天！你們沒人比我急吧！讓給我！」少年大聲回應！

大家的焦點全從娜希雅身上轉到他這邊了，幾乎每個人都從以前的靈魂那裡聽過要特別注意只剩兩三天的人。

真的有人退後了，本來就有點猶豫，先是要承接替死鬼的缺點，再是不好對付的娜希雅擋路，又來一個，一直以來都有人在告誡要注意的人，反正也讓安婭好幾次了，不差再讓別人一次。

尼曼小聲地跟旁邊的人說：「我知道那個人，他很會打架。」

「真的嗎？」旁邊的人也小聲回應，平常都不理尼曼的，這時卻沒多想就回問了。

周邊的人有的用言語，有的用眼神，慢慢有了共識，後退的人一個個慢慢增加。

少年眼光掃過沒退的人，尼曼本來只稍微退一點，這時忙說：「我沒要搶！我沒要搶。」又退到大家後面。沒有人相信他，但也沒有人拆穿他。

諾德看好像有要打群架的趨勢，想自己沒有要搶應該避開，但是瞄了眼橋頭的娜希雅，又擔心她對付不了，畢竟上次她不是真打。

「少年！你剛來不知道。」在外圍的奧奇又喊話。「抓了替死鬼可是要連對方的缺點一起接收下來的，這次這個一輩子勞苦命又帶衰，他周圍人已經有過兩個替死鬼了，這次輪到他，你要是收了他的命，回去會剋死一大堆親戚朋友的。」

娜希雅的臉色很陰沉，諾德急飄過去！小聲說：「不要生氣！他在幫勸。」他記得奧奇說過抓娜希雅那次，他也是喜歡翡翠劇團而幫忙一起阻止。

「哈！那又怎樣，我不信剋不剋的，不爽你過來，我們打一架，不要站那麼遠！」

奧奇搖手。「你和想搶的打就好啦！就不用浪費力氣來和我們玩了。」

「當我笨蛋嗎？誰知道你們是不是想等我們打到沒力再偷打！」

奧奇聳肩。「我們本來就都是這樣啊！你想靠拳頭搶贏，本來就要打贏這邊所有人。」

少年沉了臉，眼神左右飄移打量人，雖然常常打架，但大部分都是年齡差不多的，這裡大人太多了，還是直接打倒橋頭的女生，快速衝過去最保險。

剛才和尼曼說話的人偷偷靠近他問：「你知道他住哪？」

「那間旅館附近！」也是他家附近。

「運氣太好了吧！一來就有，還剛好在他家附近！」這聲喊得很大，嚇得尼曼又退。

打群架了，這句話就像號令一樣，話聲一結束，前面的馬上衝上去和少年扭打起來。

有人對大喊的人豎起拇指，偷偷地笑，奧奇也吹著口哨看戲。

他沒有吹很久。「有人……要去支援嗎？」

那邊少年一開始不習慣別人會飛來飛去，被打到幾次後，慢慢自己也會了，漸漸轉上風。

「算了吧！最後都會有人打贏的，是誰有差嗎？」

幾個人看來看去，上次輸了娜希雅的其中一人緊握拳頭。「被剛來的毛小鬼搶到太不甘心了！」尤其上次和他一起打的另一人看樣子有輸的可能，那是他打過好幾次架的夥伴，眼睜睜看他輸給別人太難受了。

「不管了！」他衝上去了。

幾個翡翠劇團迷愈看愈擔心，奧奇偷偷地往橋頭挪動，有人想跟，奧奇打手勢讓他們慢慢來，一下子太多會被發現。

少年最先只想甩脫圍攻，衝向橋頭，眼光一直注意那邊，後來發現好像能贏，改變主意要先打倒後，也還是不忘注意，當他發現奧奇離橋頭比他更近，外圍人的位置也大有變動時，他用力掙脫抓著自己的人，全力衝向橋頭。

打群架的已經筋疲力盡，一下子追不上，翡翠劇團迷看情況不妙，一起加速衝向他，又是新一輪的群架。

這次人只有五個，但是對付一個已經打過一輪的，總算是成功把他壓倒在地上。

諾德和愛薇鬆了口氣，娜希雅一點沒有放鬆，想過橋的不是只有那個人。

「把他丟去昏迷藥草那裡？」壓著他的其中一人提議。

「好啊！反正這次我也不抓，一起去吧！」

「呃！」本來要放棄掙扎的少年又劇烈動起來。「放開我！」

「等一下！」諾德驚呼。「不要這樣吧！他才兩天時間，丟去那裡一定死的！」

幾個人已經從壓的姿勢改成抓了。「只有兩天，這次沒抓到，想不死也難啦！」

「我去找條繩子！」另一人提議。

「那還不是一樣，你們一定會把他綁到時間結束！」

「切！你到底想怎樣！又要幫那女的，又不對付這男的，你又想講求生意志哦！你看他這樣沒求生意志嗎？」

「我當然有！」雖然不完全清楚他們在說什麼！少年反正注意到這男生心比較軟，有可能幫到自己。

諾德飄到少年面前。「你好，我叫諾德，請問你爲什麼會昏迷來這裡？」

「關你什麼事？」少年剛說完就後悔了，都發現這人好像能幫自己了，怎麼可以用這種口氣回他。「唔，幹嘛要問？」他聲音轉弱了。

「八成是很丟臉的原因？」奧奇聽少年口氣判斷。

「唔……」少年側頭瞄著諾德，小聲說了句話。

「呃！我沒聽清楚。」

「他說要假自殺嚇人，沒想到真的要死了，哈哈哈！」本來抓著少年的其中一人笑得不自覺鬆開了手，另一人連忙抓更緊。

周圍也有人噗哧一聲笑出，少年更是別過臉，不想看任何人。

「是割腕的嗎？是不是因爲你太強壯，不小心太用力？」愛薇好奇地猜測。諾德總覺她口氣聽起來好像在羨慕。

少年被說中，更不想轉回頭了。

諾德掃視周圍的人，決定一賭，應該沒人會反駁他說的話。「其實你剛來不知道，你被死神騙了！抓替死鬼是不會成功的。」

少年猛地轉頭正面看他！

「不信你問他們！」

少年左右看其他人，大家很配合地，不是點頭，就是嘆氣，表示無奈同意。「你們平常都是這樣聯合起來騙新人的吧？」

「不！你看現在這裡有十幾個人，可是平常我們應該比較常聽到有人出意外，比較少聽到有人昏迷不醒到死吧？」

少年開始認真思考！

「所以！出意外的人比昏迷不醒的人多，要是會成功，這裡的人怎麼可能剩這麼多？」

「你們剛好都是新來的？」少年自己都覺得不可能。

「當然不是！」諾德到老伯身邊。「老伯已經在這裡兩年了，你一定也有聽過有人長年昏迷不醒的吧？」

「那是他太老了，沒能力抓？」

「不是！」諾德換到愛薇身邊。「靈魂體力和本人不一樣，這女生從小就身體不好，連羊都牽不動，但是她的靈魂飛超快的！」他說著用眼神示意愛薇示範一下。

愛薇很介意那句「連羊都牽不動」，盯了他一會，才不甘願地快速飛向噴水池，繞了一圈回來，順便在地上找了一顆拳頭大的石頭，揚手操控直衝向少年。

「嚇！」少年和抓他的人都嚇得跳開，沒有人抓他了。

諾德也顫抖了一下，趁機對少年說：「看吧！她身體弱，靈魂比你強。」

少年心驚地瞥向橋頭的女生，想她該不會更厲害吧！看他們圍在她身邊，好像她是領導一樣，靈魂世界的強弱看來不能單用拳頭比，他想了想。「但是有聽過有人從鬼門關回來啊！」

「那都是被醫生搶回去的啦！名醫！」愛薇搶先回答。

「還有求生意志！」諾德認爲剩兩天還提名醫，來不及了。

果然開始了，依然打算搶替死鬼的靈魂們要休息，不聽了！只要最後這少年，真的被騙到放棄抓就好。

「我當然有求生意志，我根本沒有想死！」

「不夠！你本來有，但是死神跟你說會死，你就真的相信以爲不抓替死鬼一定活不了，不相信自己了！」諾德順口說完自己也愣了，這麼說自己也是一樣，相信死神說自己只剩一個月。

想休息的人有幾個又轉向這裡要聽了！

少年愣了愣，拍手！「對！沒錯！醫生跟我說他一定會盡力救活我的，我也沒想到我會死，結果我一昏過去就看到死神，都是因爲他！」

「沒錯！沒錯！死神是專門把人弄死的，他不是好東西，不能相信他說的話。」看少年猛點頭同意，諾德一面想，一定是因爲新來的被洗腦還不夠，一面感動，終於有人接受他的說法！「你要不要回去看看你的家人？他們一定很難過吧？」

「那當然啦！就是要看他們後悔才自殺！」

「所以你就是還在想說如果真的死了，家人會什麼反應，才在猶豫吧！」愛薇一臉鄙視。

「我現在已經一點都不想了！」

「那就回去吧！」諾德上前拉少年。

少年順著被拉走，到橋頭前，娜希雅讓開，但眼神依然凌厲，他才想到問：「怎麼回去啊？不用死神帶嗎？」

諾德把他往前推。「走就對了！」

愛薇上前抓著諾德。「我也要去，老伯要幫娜希雅小姐守好哦！」

三人過橋，娜希雅又堵在橋頭，其他人意外！。「真的走了！」

「四肢發達，頭腦簡單，這樣就能騙走，真好！這招要學起來。」

小診所裡，少年疑惑！「怎麼不是到替死鬼那裡去？」

「啪！」愛薇朝他頭上一巴掌。「不要想替死鬼了！那是你爸嗎？」

醫生正在檢查躺在病床上的少年，離的遠一點，有一個中年男人被一個小夥子張開雙手擋著。

男人忍不住往病床探頭過去。「昨天明明就說沒有生命危險，今天卻變這樣？我看一定要找別的醫生！」

「我兒子要是救不活，你們也別想繼續開了！」

「到底什麼時候才會好！」

男人不時吼一句，諾德心想：打架是遺傳的。

少年不滿地回愛薇「對！」才忽然發現少了個人，他裡外尋找。「我媽不在！」

「可能有事離開一下。」諾德看少年有點失落，趕緊找理由。

「哼！是我爸太吵，她受不了跑了吧！他們平常三天兩頭吵架，當我勸架時，都回我小孩子不要管！現在一定是看我爸又在兇別人，就生氣連我都不管了。」

「你先不要自己亂猜！」諾德緊張。

「你自殺是抗議他們吵架？」愛薇問。

「對！結果又不關心我，哼！哼！」

諾德祈禱他媽媽快點回來，愛薇裡裡外外四處看有沒有他媽媽只是暫時離開的證據。

醫生檢查完了，男人衝到病床邊！也不想聽醫生詳細交代，他只關心什麼時候會醒，偏偏醫生說還要再觀察，男人氣得抓起醫生領子，小夥子趕忙來勸架。

愛薇好想說就是你爸爸這樣，醫生才醫不好你。

診所裡病人進進出出，就沒有一個是少年的媽媽，少年呆在自己身體邊，一直聽爸爸說要他快點醒，他也想啊！但是媽媽去哪裡了？

諾德又說可能他爸媽商量好輪流照顧，少年連回都懶得回了。

「還說有求生意志，只不過媽媽一時不在，也不去弄清楚原因，就不想回去了。」

諾德嘀嘀咕咕。

診所裡的人開始準備休息吃晚餐了，少年爸爸還坐在床邊，有人來問他要不要幫忙準備，他眼睛直勾勾盯著兒子，回說不用。

「咦！咦！難道要等我醒來嗎？喂！爸，你以爲你還是年輕人嗎？不吃不行啊！

喂！喂！」少年想搖他爸，摸不到。「喂！外面那個女生，妳怎麼讓石頭飛的？」門口的愛薇回過頭來，諾德連連搖手。「不用理他！」又轉對少年說：「被人看到東西亂飛會引起騷動的，而且看到東西動就會想吃飯嗎？」

「唔……」

愛薇看到有中年婦女提著籃子進來，好奇地跟著她來到少年床前。

「你媽媽？」諾德只是要確認。

「對！」少年不滿地想著現在才來。

女人掀開籃子，露出滿滿豐盛的食物，男人睜大眼睛。「太多了吧！不是說做兩三樣就好。」

「去市場的時候看到兒子喜歡的忍不住都買了，就做這麼多了。」

少年呆了！「我媽很久沒有好好煮飯了！我們現在都隨便買隨便吃。」他伸手進餐籃想抓，抓不到，他爸媽把東西一一拿出來擺在床邊小桌，一邊拿，一邊對床上的人說：「你聞聞看，今天這些都是媽特意爲你做的，全都是你喜歡的，磨菇濃湯、烤布丁，還有乳酪，也是買你最喜歡的那家，你聞！快點醒來吃好不好？」

少年看著乳酪。「那家很遠，我們很久才買一次，居然吃不到……」

餐點全擺好了，他低頭貼近一道聞過一道。「爲什麼要讓我聞得到、吃不到，太過分了！」

「啊！」諾德和愛薇驚呼，少年突然像煙霧一樣，被吸入自己的身體。

有第五隻手伸向床邊小桌，少年爸媽一驚，猛然順著手看去，兒子的頭轉向小桌，眼睛直盯著桌上食物。

「醫生！醫生！」

診所裡的晚餐就這樣被少年爸媽打斷了。

「真的醒了！真的醒了耶！」諾德興奮地拉著愛薇的手搖晃。

「食物的誘惑居然有這麼大……」愛薇像在回想什麼。

「妳也會想念妳媽媽做的菜吧？」諾德相信一定是這樣，可以趁機勸她回去。

「不會！我們家以前有廚師做菜的，比我媽做得好吃多了，都是因爲我生病花太多錢，才請她走了，唉！等等！我們現在要怎麼回去？」

沒有橋了，諾德的勸說計畫中止。「……去找我家吧！」

◆

回到交界，諾德和愛薇一個人也沒看到。

愛薇驚叫！「時間還沒到吧！娜希雅小姐輸了嗎？快點！快點！我們再去旅館。」

「等一下！救命！」前方傳來拉長的求救聲，一聲過後，接二連三有不同的聲音呼救，兩人相望。「好像是噴水池那裡？」

兩人離噴水池還有一段距離就停下了。「呃……」愛薇不想靠近眼前的怪物。

「快救我們。」

「救救我！」

噴水池裡有個球型大怪物，多張嘴巴紛紛發出求救聲。

諾德稍微靠近一點，前後檢查。「應該沒有娜希雅小姐和老伯。」

「是那個女生把我們弄成這樣的啦！快點救我們，我們解不開。」

靈魂可以伸縮拉長，水池裡的大怪物，是靈魂們被拉長身體，互相纏繞打結，形成的大球體。

「可是我也不知道要從哪裡解。」諾德上下左右看來看去，沒有一個人可以看到完整身體。

愛薇指著其中一人。「你們果然都是騙子！背叛娜希雅小姐。」

那個人是翡翠劇團迷之一，愛薇認得白天他們幫忙擋在娜希雅前面。

「不是！」奧奇的聲音傳來。「她瘋了！不分敵友把我們所有人全都綁起來，自己和老先生走了。」

「那一定是你們把她弄瘋了，我們走！」愛薇轉身要諾德一起，諾德同情地看著大球，給了一個無奈的表情，走了。

「喂！回來！」

「不要走！」

◆

夜深人靜，抓替死鬼的時間過了，旅館的大廳只剩幾盞燈火，看不出有沒有發生過事，諾德和愛薇稍微看一下就往娜希雅的房間去。

老伯靜靜地待在房間一角，娜希雅在床前，兩人向老伯打聲招呼，來到娜希雅身邊，本以爲她是靜靜地在看床上的人，但床上的娜希雅身體卻被被子蒙住頭，緊緊的，就像有人在壓一樣，再看娜希雅的手勢就像在用力緊壓東西。

「妳在幹嘛！」兩人大驚，一左一右要拉開娜希雅的手。

「老伯快來幫忙！她要把自己弄死。」愛薇邊拉邊回頭喊，但老伯沒有動作。

「老伯？」愛薇看老伯不幫忙，便和諾德更加用力。

娜希雅雖然身手靈活，但力氣終究比不過兩個人硬扯，諾德成功拉開她的手，急忙掀起被子，看床上人臉色慘白，靠近仔細觀察，確認還有微弱的呼吸起伏，才放了心。

「沒事！」他回頭對拉走娜希雅的愛薇說。

老伯嘆了氣，愛薇生氣！「你們在幹嘛！」

娜希雅一臉悲悽。「死了！才不會再有親友被指定爲替死鬼。」

八、家有一寶

諾德快氣死了，亞里恩先生沒事，死神的通知說旅館有人吵架，他去勸架被激動的客人拿酒瓶朝他頭上砸。最後那個人被娜希雅操縱個東西把他絆倒，亞里恩先生只被嚇到而已。

娜希雅的老師果然在旅館裡養傷，她看到她，嘆惜自己兩次遇到替死鬼是身邊人，老伯告訴她，那是死神故意的，愈接近死亡，被指定親近的人當替死鬼的機會愈高，早點醒來或死去，親人才能平安。

一直覺得自己不像會死的娜希雅，剛好這一天，劇烈頭痛，醫生說頭裡的傷惡化了，恐怕活不了多久。害怕剩下短短的時間裡又出事，娜希雅決定直接把自己弄死。老伯也不阻止，昏迷太久，他也常猶豫想把自己弄死。

為什麼他們想的都不是快點醒呢？明明說「早點醒來或死去」，怎麼想的都是後面那個！諾德氣呼呼地和愛薇把娜希雅強拉回生與死的交界，打算在那裡找個什麼來把娜希雅暫時困住。

迎面來了一大群靈魂，諾德嚇到，馬上想到該不會這麼快又有替死鬼了。

靈魂們把他們圍起來，嘰嘰喳喳，在愛薇大叫「停！聽不懂啦！你說！」隨便指一個人之後，才知道黛安在那個少年醒後，幫他們從纏繞球狀解開，讓他們看少年醒了以後的情況，但他們不知道他怎麼醒的，所以現在要找知道的人問詳細。

諾德和愛薇互看一眼，點了頭，愛薇帶娜希雅走開，諾德興奮地說明，同時又鼓吹起求生意志，這次比較多人願意認真聽了。

「想吃的東西啊！我也是出去看到喜歡的東西不能吃，會很難過。」

「你不可以只是難過，要非常熱烈地想，你一定要吃！」諾德激烈地鼓動。

「不用吧！沒吃到也只能認了。」

「所以你求生意志才不夠，再想想其他的，想見的人、想做的事，很多！很多！只有活回去才能做的事！」諾德現在敢大聲強硬了。

「有啊！我一直想自己開店。」另一人說。

「我想看到我兒子結婚生子哪！」這人的兒子才剛十歲。

不少人提出自己的願望，還有些人只是聽著，懷疑這樣真的有用嗎？

◆

另一邊，愛薇叫來黛安。

「黛安姊，你們管理者可以限制這裡的靈魂進出嗎？」

「可以！」

「那可以讓娜希雅小姐出不去嗎？」愛薇撒嬌地望著黛安，因爲諾德說幾乎她的要求，黛安都會答應，才讓她過來。

娜希雅大驚！黛安則回：「這要本人提出才行，我們不能幫你們限制別人。」

「好啦！黛安姊，我可不是想把別人都困住，好自己抓替死鬼哦！是她啊！想把自己弄死，我要預防，這是做好事，妳就幫幫忙嘛！」

「關於這點，妳就不用擔心了，我們這裡最反對自殺！人類自殺我們管不到，靈魂想把自己弄死是沒有用的，就算當時你們沒有趕到，我們這邊也會阻止。」

「咦？真的？」愛薇原本緊拉娜希雅的手有點鬆了。

娜希雅臉色緊繃。

「真的！如果妳想把自己弄死也是不行的。」

「唉唷！你們怎麼都以爲我想自殺啦！」

黛安微笑著。「但是被其他靈魂殺掉可以哦！」

「噫！」愛薇臉色一變，她根本是在提醒，回頭一看諾德那邊的老伯，搞不好他會和娜希雅互相幫忙把對方弄死。「黛安姊，拜託妳讓娜希雅小姐和傑羅姆老伯都出不去！」

「不行啊！呵呵。」黛安消失了。

愛薇警告地看向娜希雅。

「我不會把老伯弄死。」娜希雅慌忙表示立場。

愛薇雙手抱胸，一臉不信。

◆

後來愛薇和諾德說這件事，諾德想來想去，到底要怎樣讓自己的求生意志高到能醒來，他還不知道，但是他知道，要他放著這幾個想死的人不管回去，他不甘心！所以，他要想辦法先把他們弄回去。娜希雅和愛薇的狀況他都知道了，再把老伯那邊弄清楚，再看看能怎麼做。

首先要確認老伯的家人對他的態度，他強硬要老伯帶他們過橋，也把娜希雅帶著，免得她趁大家不在又去做傻事。

「我們一家人感情很好，你不用擔心，我妻子死得早，兒子從小就很依賴我。」下橋後，老伯直接穿牆到隔壁兒子房間。

「很好的話，就應該想說快點好起來，不讓他操心啊！」諾德抱怨。

「人都是會死的，何況我都這個年紀了！他們懂的。」

「就算懂！還是希望會好起來啊！我爸爸生病的時候，我就一直希望他快點好。」

「你爸爸比較年輕，難免會不甘心。」

「就算他老了！生病了！我也會希望他好起來的。」諾德停頓了一下。「老伯你什麼時候開始這麼認命的？你昏迷之前就自己覺得身體差，已經不行了嗎？」

「也不算是，但到了這個年紀，都知道生病只要一沒注意，就可能惡化，很難好。」老伯飄到小桌邊，招呼大家坐。「開始當然也沒想死，但既然見到了死神，又知道當年的事，我這麼多年也算是多活的，替死鬼，我一定不會抓的，就不用再讓孩子每天爲我煩心了。」

「哪有多活的這種事！你明明知道抓替死鬼只是耍人的。」

「那是在那裡久了才發覺的，剛發覺的時候，我也是立刻想把自己弄死，發現不行以後，我又想留在那裡可以知道孩子什麼時候會有意外！就決定安穩地留在那裡了。」

「老伯，你那時候還不知道，以前有人靠求生意志活過來嗎？」

「知道！也有想過，但我這年紀活過來，也不知道還能活多久，還很容易生病，萬一又昏又靈魂出竅呢？還是算了！」

他說的不是沒有可能，諾德要好好地想。

愛薇看沒人說話，開口了！「幹嘛要留在那裡等意外？醒來就沒事了。」

老伯搖頭。「關於這點，意外確實不是死神決定的！所以有些人一直不相信死神故意，就是因為他們的親人都沒有發生意外，不能指定。」

「對啊！意外不是他們設計的，可是他們是挑本來不會死的意外來耍人啊！像我！」她看向諾德。「如果不是因為你在那裡，我應該不會被指定吧？那裡沒有其他和我有關的人啊！」

諾德支吾，他也想過這個問題了。愛薇卻笑著說：「我沒有怪你，我很感謝你，讓我又可以出來玩，而且這次還跑了好多地方。」她一臉陶醉，才再繼續說：「如果是一定會死的意外，就不會通知了，那你們就在那裡什麼都不知道地繼續等，直到突然發現嗎？」

「還是會有例外的，像波特，以前也有過和大家都無關的人。」

「那是耍人耍久了，偶爾要給點甜頭，免得暴動。」

「這我也知道，但畢竟是有可能……」

「那個可能很低很低，可以不用管啦！」

是家人，怎麼可能不管，諾德認爲這樣說沒用。「總之就是因爲會怕，但是老伯你想想看！是回來以後，家人被指定的機會高，還是留在那裡高？」

「留在那裡！」老伯嘆氣。「但回來就什麼都不知道了，留在那裡還有能力阻止。」

諾德不知道該再說什麼好，而且，看向旁邊非常安靜的娜希雅，她這次有拿草葉和草衣出來，一直低頭默默編織，好像這裡只有她一個，不知道到底有沒有在聽。

後來，還是愛薇想到問老伯他兒子的各種雜事，老伯愈回愈開心，聊起從小到大各種趣事、工作、結婚……還有孫子在格瑞城念書，這幾天會回來等等！直聊到床上人醒來。

夫妻倆，一個去準備早餐，一個往老伯房間幫他擦洗身體、換衣服，翻身活動。諾德看他做得仔細，檢查到一點細節都不放過，想到自己照顧爸爸時，還要爸爸提醒，才知道有沒有遺漏，不禁又想嘮叨。「老伯，你兒子好認真。」

「所以才能到學校當老師啊！」老伯也很得意。

但這才不是諾德要講的。「老伯你其實很享受才不想醒嗎？」
「有時候的確會這樣想。」
居然承認，這不是諾德想聽的。
「但多數時候還是想說自己變得這麼沒用，怎麼不快點死！」
又說到死了！「老伯你昏倒以後，一直都是你兒子在照顧你嗎？」
「不是！剛開始他們夫妻兩個都不太會，是醫生每天過來，才慢慢學起來的。我兒子還不怎麼樣，我媳婦才厲害，白天大都是她在幫我翻身，以前她還翻不太動，現在做得比我兒子還順手。」
「他們這麼認真學，認真做，兩年都沒有放棄，把你當成寶一樣，不會是希望你快點死吧？而且老伯你的期限好像還很久？」
「……三年多。」
「還真的……好久。」諾德長長吐了一口氣，又有點欣喜，老伯語氣裡有點心虛。
早餐準備好了，夫妻兩人一個扶，一個餵，完後才用餐，各自出門。
諾德想了又想。「老伯，三年很長，你想就這樣只能看，不能跟他們說話到最後嗎？就算醒了以後，不能活很久，就當也是三年，你醒著他們比較好照顧，你還可以和他們說話，這樣你們雙方不是都會比較高興嗎？」

說到這，他看老伯臉色有點動搖，又繼續說：「替死鬼那邊，你也知道，幾乎不會抓成功，可是你繼續留在那裡，親人被指定的機會就一定比你不在高；如果，萬一你阻止失敗怎麼辦？你不會覺得……」他深吸一口氣。「是你害得嗎？」

老伯明顯愣住了！

「三年多來來去去的靈魂會是怎樣的人，不是你可以控制的。」

之後，兩人沒有再說話。諾德又把這些話去和一直在編草衣的娜希雅說，說到是她害的，娜希雅手一頓，差點撕開草葉，後來總算勉強出了聲「嗯。」

至於旁邊那個很熱心幫忙勸，自己卻也不想回去的愛薇，諾德只能想先把這邊處理好再說。

◆

老伯的媳婦買菜回來不久，有人上門來說平常的醫生今天不能過來，換他來代替，因爲早上城北有狼群攻擊羊，有人受了傷，醫生被請過去了。

老伯說今天是醫生定期過來的日子，愛薇說她要去幫忙教訓狼，被反對。

中午老伯的兒子回來給爸爸翻身時，提到聽說被狼咬傷的人裡，有兩個旅人，一個少年，另一個也是醫生。

愛薇有點慌！「他們是不是說是城北？會不會是那個格瑞城來的醫生？」

「不是吧！妳不是說他出發半個多月，從那裡來通常要一個月的。」諾德大大認爲不可能這麼巧。

「半個多月又不知道是多多少，而且那已經是前幾天的事了，我們去看看。」

「可是妳認識嗎？」

「不認識，可是我有先問那邊的靈魂他的長相特徵。」

「那樣準嗎？」

「醫生很少的，還要特徵類似的更少！反正去看看，要是認不出來，就聽聽看他們講的嘛！」

「好吧！去看看妳才安心。」

◆

結果一點也不安心，特徵不用辨認完，就聽他們聊天確認是那個醫生沒錯了。他和少年到附近時，正好狼群被牧羊人趕往他們那邊跑，他們來不及逃走，就拿身上東西起來亂揮亂打，醫生其實傷得不重，只是剛好傷在右手，不方便自己治療。而少年就慘了！腳被狼咬著拖走，牧羊人把他救回時，小腳骨折，不能走路了。

諾德眨著眼發現，這裡有他認識的人，那個撞到他的馬主人，原來不是主人，是這個牧場的幫傭。

被愛薇強拉來的娜希雅飄到少年身邊，直打量他的臉。

諾德想她八成又是在看跟誰像不像的，應該不重要。

「有點像老伯的兒子。」娜希雅抬頭對他們說。

諾德和愛薇靠近去看，好半天以後，愛薇說：「好像有一點，我記不太清楚他兒子的長相。」

「我也不確定……」諾德遲疑了一下。「妳知道這個醫生爲什麼要來這裡？」

「聽說有人請他來的，其他的我不知道，啊！不對，剛才他們是不是有說是他請來的？」愛薇指向少年。

「好像有。」諾德也想到了。「昨天晚上聊天是不是也有說老伯的孫子是在格瑞城念書？」

「有！」

三人對視，娜希雅和諾德留下，飛衝最快的愛薇回去找老伯。

老伯傻了，他早就在看池子時，從兒子、媳婦那邊聽到孫子要回來的事情，改看孫子那邊，知道他請了醫生回來。

只是請個醫生回來而已，就發生這種事，他念書非常優秀的孫子，不能走路了。他太在乎替死鬼了，除了死以外，還有很多不會死的意外，後果也很嚴重。

一直只想快點死就什麼事都沒有了，可是還有三年的時間，死神不讓他死，三年可以發生很多事。

◆

那天晚上，才有人來通知老伯的兒子，出事的是他兒子，兒子沒有告訴他有請醫生一起，他想給他們驚喜，可是現在變成驚嚇了。

他摸黑到牧場去陪他在那裡住一晚，隔天把他和醫生一起帶回來。

老伯的媳婦聽到他們回來的聲音，急奔出去開門。「爸爸睜開眼睛了！爸爸睜開眼睛了！」

醫生邊檢查邊問平常的照顧方式，老伯的孫子，非要爸爸帶他在旁邊看。

「病人的意識已經恢復了，身體方面你們照之前的方法繼續照顧，過兩天試著扶他下床走走，慢慢就能自己活動了。」

老伯的兒子、媳婦高興地雙手交握，接著醫生因爲手受傷，唸了藥方要他們抄下。

抄完老伯的兒子很不好意思。「真的是很抱歉，我兒子太不懂事了，大老遠硬要把你請來，還害你受傷……」

「呵呵，沒關係！像這樣昏迷兩年醒來的例子不多，可能是病人本身非常想醒來！」醫生轉看老伯的孫子。「大概是知道孫子爲他受傷，心疼了。」

孫子忍著腳痛，硬擠出俏皮的笑容。「爸爸，你看！用一條腿換爺爺醒來很划算吧！」

他爸爸瞪他一眼，醫生邊收拾邊說。「我會在城裡找個旅館留幾天，你們有事隨時可以來找我。」

「啊！如果不嫌棄的話，我們家還有房間，請讓我們好好招待你。」

九、父母的眼淚

諾德三人回生與死的交界時，又被包圍了。

「在這裡最久的老先生居然醒了，快跟我們說是怎樣的啊！」

諾德其實不想回來這裡了，但他還是得關心替死鬼，還要問一下老伯的孫子出事和和抓替死鬼有沒有關係，希望不是靈魂們害他受更重的傷。

問出不是以後，他安心，又熱烈地和大家說明。「你們想醒來的話，應該回去家人身邊，看看他們有多希望你們醒來！」他看向尼曼。「像你！再不回去！你女兒下次又不知道會跑去哪裡？你怎麼那麼放心都不回去看她！」

「不！我最近有回去看，可是以前明明都說自己醒來很困難啊！幾十、幾百年，才會發生一次，誰知道現在連續兩個，你們說對不對？」

「說不定我們就剛好遇到了！」他旁邊的人有點興奮。

「也可能就是剛好兩個而已！說不定這樣就沒了。」另一個人聳聳肩。

「幹嘛這樣說啊！大家正高興！」

「高興過頭會哭的，像這次，家人為自己出意外這種事，又不會常常發生，要我們想說為了家人好，所以要快點回去，這很難嘛！」

「不是只有這樣，還有死神會指定！」諾德大喊，蓋過大家的七嘴八舌。「不要想說你都沒有親人被指定過，就永遠不會有！」

「可是就真的沒有啊！會一直有新人來分散指定對象，以前也有人一直到死都沒有替死鬼跟他有關，像潘迪就沒有。」

「他是外地人，這裡沒親人沒朋友，你是嗎？」

那人錯愕沒回話！奧奇舉手插入：「換我說！」他直指諾德。「你說求生意志夠就可以回去，那你怎麼還在這裡？」

「我會回去的，只不過還有事情要先解決，放心！我會讓你們看到更多人不抓替死鬼醒的。」

他說著又要和愛薇、娜希雅離開，娜希雅說她草葉不夠要再採，諾德只覺是藉口。

「娜希雅小姐，我之前明明看妳草衣像快編好了，怎麼現在又變成才剛開始編？」

「這是第四件。」

「妳不是說一件可以用十年嗎？妳要每十年幫他換一次？」諾德看娜希雅是打算無

止無盡地編下去。

愛薇鼓起嘴。「你幹嘛對娜希雅小姐口氣這麼差！」

「這件是我自己要用的。」娜希雅語氣平淡。

「自己？」諾德先是不懂，馬上大喜，沒必要給快死的人防病草衣，所以。「妳願意回去了嗎？」

「嗯。」

「真的嗎？」愛薇拉起娜希雅的手。「我幫妳採！」

三個人採了草葉，先去旅館，娜希雅把第一件草衣套在亞里恩身上，諾德才回神想到，不對，她是說四件吧！多出兩件要給誰的？

娜希雅的老師傷還沒有好，但已經不想休息了，她常常跟著亞里恩。

「你相信我好嗎？我真的不知道那裡爲什麼會突然多出那麼多雜物，那不是我布置的。」

「妳傷如果沒事了，可以離開了！」亞里恩不知道第幾次把拖把拖過老師腳邊。

「不然！請妳換旅館也可以。」

「你真的甘心繼續做這種工作嗎？啊！」

亞里恩「不小心」把水桶裡的拖地水灑到老師身上，老師只好先回去換衣服。

娜希雅看了她很久，才默默地上前把衣服套上去。

諾德也對賺錢的事有疑問。「妳有打算回去以後要怎麼辦？」

「他說過一段時間要帶我到各處去走走看看，沿路靠表演賺旅費，到時候我就算還沒醒也會跟去的。」

「好！好！我也想去。」愛薇一臉嚮往。

「妳不是已經在到處玩了嗎？沒人陪會孤單？」諾德欣喜又抓到一個可以勸她想醒的理由。

「一個人當然會孤單啊！而且到哪都不能跟人講話，可是換回我那個身體就更哪裡都不能去了。」愛薇盯著諾德。「所以我們先去想辦法讓那個名醫來救你們。」

「老伯說了，他會跟他的家人說的，不用妳麻煩。」

「可是你也看到了，他還說不出話。」

「慢慢就會了，先去妳家，說起來，妳是不是一次也沒回去過？」

「慢慢不知道到底是多久啦！我們先想辦法。」

「辦法也不知道要想多久。」

「我有想到一個，你們聽聽看，就是我們操縱筆寫字，請那個醫生來看你們。」

「唔……」諾德動搖了。「好吧！聽起來可以試試看，娜希雅小姐妳覺得呢？」

娜希雅點頭。「操縱筆我沒辦法，麻煩你們了。」

諾德轉向愛薇。「麻煩妳了！操縱筆這麼難，我還不行。」

「什麼！但是我不會寫！」看兩人驚訝的眼光，愛薇不太情願地解釋：「因爲我從小就生病啊！只認識一些字而已，你試試看啦！」

房間裡沒有紙筆可以練習，三個人去旅館櫃台，想趁人不注意，偷偷拿走紙筆、墨水，但櫃台的人離開都不會太久，一回來看到紙筆移位，第一次想說：「嗯？我剛才有把筆拿到這裡來嗎？」就挪了回去。

第二次。「奇怪！我怎麼又把紙筆放這裡了。」

第三次。「我今天到底是怎麼了？東西一直亂放！」

「這個人真討厭，幹嘛都這麼快回來！」愛薇抱怨。

「可是他如果要走開久一點，也會找別人幫他顧。」諾德說：「我們換去其他地方看看好了。」

他們往隔壁人家一間間找過去，找到以後，由愛薇打開墨水罐、攤開紙，諾德操縱筆顫顫抖抖地寫下第一個字母，三人都認爲看起來像是墨水擠成一團。

改寫大一點，雖然歪扭，但可以辨認，讓諾德信心提升，精神大好，更賣力控制，然後，羽毛筆斷了。

當天晚上，那家的主人氣呼呼地問是誰亂畫、弄斷筆，沒有人承認，一家子的心情都很不好。

弄斷第三家的以後，娜希雅建議改方式。「再繼續下去！傳開來會引起騷動的，我們直接去老伯家用石頭或樹枝排字吧？」

諾德和愛薇馬上贊成！連說應該早點想到。

小旅館在城南，老伯家在城北，老伯醒了，橋也沒有了，他們先回交界換從諾德的橋出來到中央廣場，愛薇說想去看諾德的弟弟、妹妹，她沒有當面看過。

諾德的妹妹和愛薇的弟弟年紀差不多，諾德說到他出事時她哭得很慘，愛薇說：「我弟弟就不會哭。」

「男生比較堅強嘛！」

「不是！他以前會哭，現在已經習慣了，我爸媽也是，就算我真的死了也不會哭的。」

諾德和娜希雅聽她講得語氣自然又平靜，都很錯愕，娜希雅沒看過她的家人，就在想說，是不是她的父母不疼愛她。

「怎麼可能！我看他們明明對妳都很好。」諾德雖然只看過一次，也不認爲那天只是偶然好的。

「很好啊！可是他們習慣了，以前有次我差點死掉，他們真的哭得好慘，可是後來又發生第二次，他們聽醫生說完就『嗯！嗯！知道了』，有點擔心而已，然後第三次、第四次就『哦』！很冷靜啦！」

「差點死掉，還有第三、第四次的，應該是覺得醫生亂講吧！所以他們不相信了，知道一定沒事，才會不傷心。」

「才不是呢！我真的難過到快不能呼吸了，因爲你沒有遇過，不知道啦！如果我真的死了，他們當然會難過啊！可是他們早就有心理準備了。」

「老伯也是這樣說。」

「不一樣！我在家裡本來就是多餘的人，老伯又不是。」

諾德板起臉。「什麼叫多餘的人？」

「就沒用的人啊！從小就生病，出門不能沒人陪，什麼事都不會做，我弟弟就是因爲我這麼沒用，才那麼厲害，收割小麥、採收水果，田裡的事他全都會，做什麼都不用人擔心，跟我說話也常常好像他是哥哥一樣！」

「妳不是沒用的人！妳救了我，還去幫忙找醫生！」

「我沒有救過你，你不要自己亂想，找醫生那也是現在變成靈魂才能找到的。好啦！我們先去老伯那邊。」

諾德還想再說，娜希雅阻止他。「愛薇，如果妳醒來的話，我教妳跳舞，要嗎？」

愛薇眼睛大亮，但沒說話。

她在猶豫，諾德苦笑，崇拜對象說的話果然比較有說服力。

「可是！就算醒來，我的身體也不能……」

「妳會喜歡我，應該是因爲身體不好，所以羨慕跳舞的人身手靈活吧？那就以這爲目標，要求自己的身體好起來，好嗎？」

「我以前也是有這樣想，可是……」

「可是什麼啊！娜希雅小姐這麼紅的人要親自教妳耶！」諾德看有希望，趕緊幫腔。

愛薇偏著頭，轉來轉去想了老半天。「我們還是先去老伯家吧！」

「臭丫頭！真想把妳弄死，看妳家人到底會不會哭。」諾德握拳喃喃自語。

◆

樹枝太輕，會被風吹走，石頭太少，還大小不一，很難排字，三個人把老伯家院子的石頭都找遍了，又到外面去到處找，好不容易排出勉強可以看懂的句子，天也亮了。

老伯的兒子一早出來伸懶腰。「誰啊？幹嘛弄一大堆石頭來我家！」他立刻去拿掃把來掃地，掃了兩下。「嗯，是有排什麼嗎？」他邊看邊嘮叨：「誰這麼無聊，晚上跑來我家排石頭。算了！也看不出來了。」

然後，石頭就被掃成一堆，等著運出去！

愛薇想操控石頭打人，諾德和娜希雅拉著她，又回去交界。

本來要接著轉去愛薇家，但諾德一眼望去，噴水池邊的靈魂少了好幾個，過去看後，尼曼不在，他有點驚慌！「請問現在有替死鬼嗎？」他想這裡的應該是最近被勸到不想抓的。

「沒有，他們回家了，不是你叫他們回家看看，好提升求生意志嗎？」

「哦！」看來相反，留在這裡的是還想抓的。

諾德又對現場人勸了幾句才要走，可是愛薇一點也不想回家，吵了幾句，旁邊的人插嘴了。「就是有這種小孩，老是以爲家人不愛自己，死了沒人會傷心。」

「才不是！你不要只聽到幾句就自己隨便亂講！」

「我聽就是這樣啦！自己不想活就說，幹嘛凹說是家人不會傷心啊！不然妳死死看他們會是什麼反應，最好真的都不會難過啦！」

「我沒有說都不會！」愛薇想離開這裡了。

諾德也不喜歡他說的話。「喂！喂！你要勸人也不要隨便叫人家去死。」

「本來就可以死死看……呃……」那人忽然停頓。「聽說可以，我也不知道是不是真的。」

「什麼跟什麼！死了就沒救了，反正你不要亂說！」

「他不是亂說的！」旁邊的插嘴。「有人說之前安婭用的昏迷藥用在活人身上，會像真的死了一樣，不過只是暫時的，不會真的死。」

諾德看看愛薇，再看他們。「有人還有藥嗎？」

你看我，我看你，大家都搖頭。

「那有人知道要怎麼去採藥才安全？」

還是都搖頭。

「等一下！你問這種事情幹嘛？」愛薇有不妙的預感。

「當然是讓妳死死看。」

「問黛安看看？」娜希雅提議。

好吧！就算她不會說，反正叫來問一下不會花多少時間。

黛安來了，說了，還拿出一瓶藥，把大家嚇退了。

「妳也有？」諾德喊出口就發現自己又笨了，這裡是人家的地盤啊！她之前還幫忙救過紙人呢。

◆

愛薇的媽媽瘦了，雖然只有看過一次，但是諾德就是覺得她現在比上次憔悴，絕對有瘦！

愛薇擋到自己身體前面。「你不要亂來！要是他們以爲我真的死了，把我埋了怎麼辦？」

「妳本來就很想死，有差嗎？」

「這樣我就真的會被死神帶走，不能再到處玩了！」

「妳都在這裡看了，不會阻止他們埋嗎？還是妳其實怕看到他們真的會哭？」

「沒有！」愛薇轉過頭讓開了。

藥灑上去，愛薇的身體在昏迷中，並沒有什麼反應，旁邊守著的媽媽當然也不會發覺有不對！

好一會，愛薇才轉頭回來看自己身體真的沒有起伏，沒在呼吸了。「這個藥效會維持多久？」

不知道，沒有人問黛安，諾德猜想：「可能跟靈魂昏迷一樣時間吧？」

「萬一更久怎麼辦？」

「反正不是真的死了，不用怎麼辦。」

「萬一黛安騙人呢？」

呃！這有可能，畢竟黛安是死神的同夥……

「她經常說反對自殺，應該不會的。」娜希雅不確定地安慰。

又等了一會，諾德反過來擔心藥效太短，還沒人發現就恢復了。

直等到愛薇的弟弟進來換手，給姊姊重新拉拉被子。「嗯？」手經過鼻子前好像沒感受到氣息，他伸手去探。「媽！媽！」

愛薇媽媽才剛踏出房間，聽到立刻小跑步進來。「怎麼了？怎麼了？」

愛薇弟弟手顫抖地指著姊姊。「沒……沒……姊姊沒……沒有氣了。」

媽媽立刻去試，果然沒有，頓時，渾身一抖，腳一軟，就要倒下，弟弟趕緊扶住。

「媽！」他的眼裡已經泛出淚水。

「愛薇……嗚……」媽媽的嗚咽聲一出，忍不住趴到床頭放聲大哭，弟弟邊擦眼淚邊跑出去找爸爸。

「妳看吧！這不是哭嗎？」諾德斜看愛薇。

「可是他們真的第一次哭過以後，再聽醫生說可能會死時都只是有點擔心而已嘛！」愛薇的聲音微弱。

「就說了，那是因爲第一次沒有真死，之後他們也覺得不會死，現在是真的死了……嗯，不是！是他們以爲真的。」

爸爸衝進來再檢查一次，確定後，呼吸加重，眼睛直眨！抬起頭，不讓眼淚流下。

愛薇沒有話說了，三人靜靜地看著他們把棉被拉起來蓋上愛薇的頭，爸爸說：「現在進城太晚，明天一早再進城去準備棺材。」

「咦！不行！被關進去會真的死掉的！」愛薇驚叫！

諾德看她驚慌，再次確定！「其實妳沒有真的想死吧！」

娜希雅飄往床頭。「妳還是知道他們會哭的吧！因爲長期生病很難過，看不到好的希望，活得很累；就一直騙自己說親人都習慣了，都有心理準備了，死了他們不會很難過，這樣才能強迫自己放心去死。」

愛薇目光飄移，不想回答。

娜希雅手上突然多出一件草衣套到愛薇的身體上。

諾德這才發現他忽略多了一件。「娜希雅小姐妳原來還有幫她編草衣？」

「我想到她一直怕自己的身體好不起來，就想說再多編一件給她，不知道有沒有用。」

「所以！」諾德想到給弟弟、妹妹的草環。「只有我沒有！」

「呃……」娜希雅窘迫。「我可以再幫你編一件。」

「不用了，妳再多花時間，我怕妳又會不想回去了。」

愛薇摸著自己身體上的草衣，看著床邊啜泣的媽媽，轉而抱向媽媽，雖然撲了空，但她還是很快調整成看起來像抱的樣子。「媽！不要哭了，妳女兒有了奇遇哦！以後身體會愈來愈好，還要學跳舞給妳和爸爸還有弟弟看。」她說著也抱向弟弟，又對諾德和娜希雅說：「我醒了以後，會要爸爸媽媽去找那個醫生，以後我們還要再見面哦！」

十、一起回歸吧！

愛薇躺在棺材裡了，躺到娜希雅第四件草衣都快編好了，諾德愈來愈害怕真的被黛安騙了！也怕娜希雅因此會編錯，事實上，她也真的邊錯幾次了！

過了一個晚上，加上愛薇爸爸進城再回來，這麼長時間，假死沒有解除，諾德在棺材邊繞來繞去，他鑽進去看了好幾次，沒有呼吸！還是沒有呼吸！

他又弄東西去撞棺材吸引愛薇家人注意，可是從外面撞的，只是讓家人奇怪東西怎麼跑到那邊去而已。

他沒辦法拿東西鑽進裡面。

想回去問黛安，但是愛薇的橋沒有了，城很遠，怕回去這期間會出事，他和娜希雅兩人互相勸慰，再等一下看看，再等一下看看！

到了假死滿一天的時候，諾德不想再等了，安婭的藥效果沒有這麼久，到底是用在靈魂身上和人身上時間不一樣？還是安婭做的和黛安做的時間不一樣？，他不能再猜下去了。

愛薇家在城外東北，諾德的橋在靠近城中央，娜希雅的橋在城內東南區，諾德的橋比較近，娜希雅的速度比較快。兩人討論後，雖然回去的路程諾德只有跟老伯走過一次，不熟，但是娜希雅不要說一次都沒走過，城裡的路她也不熟，就算他們現在在城裡，她也不知道怎麼回去。

所以娜希雅留下，諾德回去，當初來的時候，沒有順著路走，記得好像一直線飄的，那現在就是往西南直飄吧！

曠野、農田，偶爾有間農舍，好討厭怎麼到處看起來都差不多。

諾德還是比較想順路走的，也真的在幾次看到路後，終於決定試試看，結果那是一條死路，他倒回來，罵自己浪費時間，後來又試了別的路，結果繞了一圈回原地。

然後，看到一輛馬車，讓他馬上不孤單了，直覺就要上前問路，可是……人家看不到他啊！而且馬車往北走，和他方向不一樣。

只能感嘆地望著馬車離去，繼續往西南飄。

等一下！諾德猛然停住！回頭，那是奈汀格家的馬車。

這個時候好奇是不應該的，諾德背對馬車，告訴自己不行、不行……看一下！沒關係！一下不會花多少時間。

轉身！鑽進馬車裡，他的弟弟、妹妹在裡面，還有奈汀格家的小姐、小少爺。他們要去哪裡？是弟弟、妹妹要被送走了嗎？要送去哪裡？諾德想知道，一定要知道。

諾德的弟弟和妹妹趴在窗口往外看，講話內容是樹怎樣後退。

諾德等了好一會。「不要一直講樹了！快點說你們要去哪！」

還是繼續講樹。

諾德急得團團轉。「我要快點回去找黛安才對，這關係到愛薇的生死，比他們現在要去哪重要。」

諾德離開馬車。「之後再去看親人的池看就好了。」

話雖如此，他還是多看了幾眼才轉身，加速往西南方飛去。

◆

諾德最後是穿越城牆進城的，當他遠遠看到城牆時，已經深夜了，不想再找城門，直接穿過厚重的城牆，以為這樣比較快，過去後看到陌生的景象卻又頓住了，他不知道自己從東西南北哪一面牆進來的？現在該往哪裡走？

只好回頭出去，乖乖繞著城找門。找到的第一個門又是陌生的，諾德冷靜下來，告訴自己，每個門進去直走都會到中央廣場，不要怕，可以放心衝了。

「啊！」回到交界時，一下橋，諾德就尖叫，他和死神同時下橋，疊在一起。

「哦！你很會抓時間嘛！」

「才不是！」諾德跳開，和他分離。「我一點都不想看到你，希望你永遠不要回來！這裡沒有人要抓替死鬼了，你去抓普通的死人就好，不用再跟我們抱怨你很忙還專程來幫我們了，沒人需要！」

死神飄向噴水池，靈魂們迎上來。「大家看來不是你說的那樣啊！」

諾德很不滿地發現在場的靈魂又多了，尼曼又回來了。

照例是快速地說明，快速結束畫面，不一樣的是這次替死鬼有兩個，死神也沒有立刻離開。

本來畫面一結束，靈魂們就要衝向橋頭，才剛飄，發覺死神還在後面，緊急停下，回頭看。

「可惡！給我取消這次替死鬼！」諾德緊揪死神的領子，把大家嚇到了。

「沒有取消這種事，你不是最愛阻止，沒人抓到就沒事了。」死神撥開他的手。

「順便告訴你，你的生命也只剩下二十四小時而已。」

「騙人！怎麼可能！我還來不到一個月吧！」

「不然是多久？」

不知道！諾德轉看其他靈魂，用眼光詢問誰知道。

沒有人知道，誰會記別人哪時候來的？

死神走了，不少靈魂跟上去，諾德大喊：「全部都不准走，那是我弟弟、妹妹！」

有人一時停頓後，繼續走，有人連停都沒停。

尼曼靠近諾德。「你如果去阻止的話，就沒時間回去身體裡了。」

諾德狠狠地瞪著他。「不用你講！你又回來幹嘛！不去關心你女兒。」

「你不是也回來了，晚上啊！她都睡了，還是要回來注意替死鬼。」

諾德沒空理他，轉向黛安。「喂！那個假死的藥到底……」

還沒說完，黛安伸手遞給他一瓶藥。「你們太急了，用在人身上要解藥才會醒的，和靈魂不一樣。」

「應該早點說啊！」諾德搶過藥。

「放心！你現在立刻回去還來得及。」

諾德本來就想好先去愛薇那裡，再趕去阻擋替死鬼。

「你過橋以後，直接去她那邊，路上不要多逗留，不然她會真的死。」

諾德緊張了，路他還不熟，就算都不逗留，也可能走錯路。

「可惡！」他轉身衝上橋。

「等等！」尼曼追上去，拉住諾德，來到當初諾德躺的小診所。

「又錯亂了。」尼曼看到陌生的地方，回頭看橋還在，想回去重走。

諾德意外他不知道過橋的秘密，但也不想多說，一把拍開他的手。

尼曼看不到橋了，一錯愕，只好問諾德：「你知道這裡是哪裡？」

「不知道！」諾德要走了。

「等等啊！」尼曼又飄到他前面。「這次我幫你，你告訴我這裡是哪裡。」

「誰會相信你！」

「我說真的！」尼曼一臉正經。「你救過我女兒，我也幫你救弟弟、妹妹。」

諾德意外，看他眼神誠懇，考慮了一會，還是不敢完全相信！「如果你是真的想幫忙，謝謝你。如果不是！反正你也沒多少能力，都失敗那麼多次了。請你不要再纏著我了，我趕時間！」

「不是！我要幫忙，我們一起去啊！」

「不用！走開！」

「諾德小弟！你要去給那個小女孩送藥嗎？她住那麼遠，你的弟弟、妹妹比較重要吧？」

諾德不打算再多說，白白浪費時間，他快速離開診所，只想全力衝刺。

通知畫面的場景是牧場，不久前才剛發生狼群攻擊羊的事件，更早前，看樣子已經一個月了，他們家養的馬踏傷諾德。

明天晚上他們睡覺時，會發生火災，靈魂們要讓諾德的弟弟、妹妹逃不出來。

諾德想，一定是因為那個養馬的幫傭說願意收養他的弟弟、妹妹，所以奈汀格家把他們先送過去適應看看。

牧場在城外西北方，愛薇家在城外東北，方向相反，兩邊都要去一定會來不及回去身體，但他管不了了，如果不確定弟弟、妹妹和愛薇的生死，他回去也沒有意義。

◆

中央廣場有靈魂在遊蕩，諾德遠遠的看不清楚是誰，怕是要抓替死鬼的，剛才大家都知道他一定會阻止了，這時要是被發現，一定會起衝突。

他左右看看，無奈再轉回對跟出來的尼曼說：「那邊有人！你如果真的要幫忙，就去看他是不是要抓的，是的話請你阻止，謝謝！」說完就又鑽進診所，從另一邊出去了。

尼曼遠遠地觀察那人，看他慢吞吞地繞著中央廣場，好像在找什麼。

他偷偷靠近，看清楚後有點驚訝。「跳舞的小姐！妳迷路了？」

娜希雅回頭看是他，臉色不太好。「你知道附近哪裡有診所嗎？」

尼曼指向剛才出來的房屋。「妳有認識的人在那裡？」

娜希雅飄過去看招牌的確是診所，進去看了看，她要找諾德，但是看不到橋，也不知道他是走了，還是在交界，在這裡等好像不是辦法，只能不情願地問尼曼：「你有再去過交界嗎？有看到諾德嗎？」

「他剛走！。」尼曼指向諾德離開的方向。「他要去找那個小女孩愛薇送解藥。」

「什麼解藥？」

「小女孩不知道爲什麼假死了，黛安給他解藥，說要快點去！不然就要真死了！」

「你胡說！」娜希雅要走了。

「等等！」尼曼覺得很悶，他今天可是難得很老實啊！「是真的啊！妳不要什麼都不知道！就認定我胡說。」

「不知道的是你，愛薇已經醒了，並不需要解藥。」

「呃！醒了？」尼曼感嘆，早知道和諾德關係打好點，讓他也幫自己醒來，現在時間應該不夠了。「那就是黛安騙他，真的！不是我騙妳，妳仔細聽我說！」

他看娜希雅直盯著他，像願意暫時聽一下的樣子，趕緊說：「他的弟弟、妹妹被指定爲替死鬼了，在城外西北方的牧場。而且死神還說他生命只剩二十四小時，如果他去阻止別人抓他弟弟、妹妹，他一定來不及回去身體的。我想黛安也一定是故意把他騙去小女孩那裡，就是不想讓他有機會活。」

娜希雅快速回想。「這也是胡說！他最初來時說還有一個月，現在還有七八天。」

尼曼驚訝了。「妳怎麼這麼清楚？」

「和你沒關係，我要走了。」她是用老師受傷那天的日子算大概的。

「等等！我說的是真的！」尼曼大喊。「你們一起救過我女兒，我是真的想幫忙。妳跟他關係不錯吧！妳也去幫忙救他弟弟、妹妹好不好？」

娜希雅沒辦法判斷這是真是假，如果可以回去交界問黛安最好，但是她知道小旅館離中央廣場不近，尼曼的橋也在小旅館附近，她沒有辦法快速確定。

尼曼看她猶豫，加緊再說：「妳拼一次快點把他追回來，對妳也沒損失啊！他往那邊去了。」

娜希雅望向他指的方向，會不會有損失要看尼曼到底想做什麼！但是她現在沒辦法確定，只有先追了。

◆

愛薇醒了以後，急急地要爸爸進城到傑羅姆老伯家，請醫生去奈汀格家和小旅館，家人雖然覺得奇怪，但是她把地址、人名都說得清清楚楚，就想說進城去看看。

娜希雅是跟著她爸爸來的，既然愛薇沒事了，她要去看看諾德的醫治狀況。

到傑羅姆老伯家時，他可以說話了，還不順，斷斷續續的不清楚，但一樣提到奈汀格家，讓愛薇爸爸和醫生都感到驚奇，立即出發。

娜希雅跟到奈汀格家看了一段時間，想到諾德的橋在附近，應該通知他來一起看看，就找過來了。

她飛得高高的，希望最慢能在到北門前攔到諾德。她來的時候，愛薇爸爸是騎馬順著路走的，而諾德回來前說過要往西南一直線前進，回去應該也會走同樣的路，一出北門，他們走的路差距就會愈來愈大。

◆

諾德本來也飛得高高的，打定主意不管遇到誰都要快速繞開，不能被纏到。

前方看到一個靈魂，慢吞吞地飄，他想快速超越過去。

接近時，看清楚是奧奇，他有點生氣，第一次和他聊天時，他自己說到良心，結果死神一通知，他看是個窮小孩，就說早死早好，現在他又要去抓他的弟弟、妹妹，，太可惡！

「喂！」諾德朝前方大喊。

奧奇停下回頭。「哦！是你啊！這麼巧遇到。」

「巧什麼巧！大家都要去北邊，遇到超正常的！」

「咦？你知道我要去哪？」

「你不要把別人當笨蛋，誰不知道現在大家都要去抓我弟弟、妹妹，你這個人真是莫名其妙，之前那個小妹妹一聽說是尼曼女兒就幫忙救，現在我都叫你們不要去動我弟弟、妹妹，你還硬要去！」

奧奇被這一連串的嘶吼震得想了老半天，才終於搞懂他在說什麼時！諾德已經衝上來抓住他。

諾德緊抓他的雙手，用力往兩邊拉，想學娜希雅把他的手拉長打結。

「放手！我根本不知道有新的替死鬼通知，放手！」

諾德沒打算聽他的狡辯，不斷用力要拉長。

奧奇發現他的目地，他既不想再被綁一次，也不想輸給小孩，看他不聽，也就用力抵抗，兩人扭打纏在一起。

最後是諾德的雙手被扭轉打結。

「呼！」奧奇打完後休息了一會。「給我好好地聽！我不知道有新的替死鬼通知，我往北走是因爲我要去看那個叫愛薇的小丫頭。」

「你胡說八道，你們又不熟！」

「幹嘛要熟才可以去？我今天先去看前幾天最先醒那個少年，接著去看傑羅姆老先生，現在要去看小丫頭，因爲連續三個了，黛安放的那一點景象不夠看，我要親眼去看看他們醒來以後的真實生活。」奧奇一字一字慢慢說完。「聽懂沒？聽懂就放開你！」

諾德忽然想到，其實他今天沒在交界看到奧奇，他懊惱地罵自己太衝動，白白浪費時間。「不懂，三個？是什麼三個？」

「就連續三個人醒來啊……哦！是已經有第四個了嗎？我錯過了？」

「第三個？你說愛薇？」

「對啊！那個小丫頭不是叫愛薇嗎？」

「怎麼可能！愛薇假死了，我才剛跟黛安拿到解藥，現在才要趕去。」

「啊？剛剛？下午黛安就給我們看她醒了，不信你問別人。啊！問她！她那時候也在畫面裡。」奧奇指向後方。

諾德轉頭看去，娜希雅快速飛近。

「諾德，愛薇醒了！」

◆

「騙子！幹嘛騙我！」

聽完娜希雅說愛薇醒後，她怎麼來這裡，去過老伯家，去過奈汀格家，還有遇到尼曼的事後，諾德氣得大罵。

「是因爲你連續幫注定要死的人醒來，讓死神他們沒面子，生氣了吧？所以把你生命也縮短？」奧奇胡亂推測。

「無論如何！你先回你的身體去吧！」娜希雅很著急。

「可是我還是想去看看愛薇……」

「等你醒了以後再去看吧！你再不回去！萬一醒不來，她會難過的。」

「可是還有我弟弟、妹妹……」

「放心吧！我會去救他們的。而且，如果你能快點醒來的話，奈汀格家應該會派人通知他們，甚至你可以請他們在明晚之前把他們接回來。」

諾德眼睛大亮。

奧奇也幫腔。「放心快點回去吧！連尼曼都說要幫忙了，我也會去幫忙的。」

諾德連連點頭。「抱歉！剛才突然就打你。」

「沒關係啦！你快點回去，要強力想說快點醒，才來得及派人啊！千萬不要想說有我們幫忙就放心了，這次替死鬼有兩個，那些人會更賣力的。」

諾德離開了，奧奇心情大好。「看他們一個個醒來，感覺我好像也可以醒了。」

「會的，我們來比賽誰先醒吧！」

「嗯？哼！哼！好啊！妳可不要以爲打架打不贏妳，就樣樣都會輸妳。」

◆

愛薇的爸爸做了一場很長的夢，先是裝進棺材裡的女兒狂敲棺材，起來也不管他們的激動，就一直要他進城去一個老先生家，請名醫去救人，還兩個，他女兒什麼時候認識這麼多人了？她每次進城都是他帶她來的，她會認識的人，自己應該都知道啊！

現在！那個被她女兒害到被馬踏昏的男孩醒來也提到她女兒，連名字都知道，這些如果不是夢，到底要怎麼解釋？

那個養馬的幫傭和諾德的弟弟、妹妹，還有奈汀格家的人一起回來了，他們會去牧場是他徵求主人同意，邀請他們去玩幾天，並不是諾德猜的先去適應住住看。

諾德的弟弟、妹妹一進房間門就直奔到床前，看到哥哥真的睜開眼睛對他們笑，兩人一起撲上去。

「喂！喂！不要爬上去，他還很虛弱。」醫生急得趕人。

「哇！我第一次親眼看到昏這麼多天的人醒來！」奈汀格家的小少爺驚嘆！「我們家提供的照顧果然是絕佳的！」

「不要太誇耀，人家都聽不下去了！」奈汀格家的小姐其實也很得意。

養馬的幫傭最高興了，在旁邊感謝天，感謝地，感謝世界諸神，感謝奈汀格家，最感謝醫生讓他再也不用擔心害死人！

奈汀格先生要管家仔細記下醫生的交代，吩咐好好招待醫生。

愛薇的爸爸很想回家了，回家上床睡一覺醒來，證明這一切全是夢。

可是還要去小旅館，他很想忘了有這回事，可是最先去老先生家時也有提到，醫生都記得，只好再跟去了。

亞里恩看到有醫生主動上門，大感疑惑，愛薇的爸爸只好向他從頭開始解釋起這一場夢。

看到當時舞臺上的舞姬變得像木頭人一樣，他很感嘆，以前因爲女兒崇拜她，他和妻子常對女兒說「那妳要把身體養強壯點，變得和她一樣啊！」結果她變成這樣，不能當目標了。

他絕不會想到這個木頭人會在一個月多後上門提出要教他女兒跳舞，還真的表現得和她女兒早就認識一樣。

還有那個被馬踏到快死的人也拿錢來歸還，他傷好後留在奈汀格家學習管帳，預支了薪水，急著先來還。可是！是自己女兒害他被撞的，是自己要賠錢才對啊！

◆

生與死的交界，幾個靈魂氣呼呼地找黛安問話。

「不是說會火災嗎！白天人就跑光了，晚上什麼也沒發生，這次也太扯了吧！」

「對啊！以前不是說太早阻止沒用嗎？意外至少會發生一半！不是嗎？」

「喂！喂！這種事情不是應該問死神嗎？問她幹嘛？」奧奇懷疑這些人怕死神，不敢叫，諾德都叫過了。

「沒有錯啊！」黛安笑盈盈的。「因爲本來就不會有火災！」

「啊？」驚呼聲四起。

「你們知道嗎？死神的工作是很繁忙的哦！這孩子幫忙送幾個人回去，死神就不用專程回來引他們去地獄了，當然要幫他啊！」

「呃……」

「哼！你們這些人類真是安逸，自己的生命自己不想辦法，只想靠別人給機會，連死了都要我們去帶。」

不知道什麼時候，死神回來了。

「哎呀！這次是八十年來才一批自己回去的，好久啊！什麼時候才能二十年就有。」第二個死神道。

「二十年還是太久了！我們來比下次誰先再帶一個求生意志旺盛的回來，打破最短紀錄。」第三個死神道。

奧奇和尼曼回頭衝過橋，他們要回去了，傻瓜也知道繼續留下來被耍和活命，絕對要選活命！

完

培育文化

奇幻魔法 18

逃離死神

作者　林明慧
責任編輯　王惠蘭
美術編輯　林子凌
封面/插畫設計師　EMO

出版者　培育文化事業有限公司
信箱　yungjiuh@ms45.hinet.net
地址　新北市汐止區大同路3段194號9樓之1
電話　（02）8647-3663
傳真　（02）8674-3660
劃撥帳號　18669219
CVS代理　美璟文化有限公司
TEL／(02)27239968
FAX／(02)27239668

總經銷：永續圖書有限公司

法律顧問　方圓法律事務所　涂成樞律師
出版日期　2015年06月

國家圖書館出版品預行編目資料

逃離死神 / 滾雪球著.
-- 初版. -- 新北市 : 培育文化, 民104.08
面 ;　公分. -- (奇幻魔法 ; 18)
ISBN 978-986-5862-61-9(平裝)
859.6　　104010203

※為保障您的權益，每一項資料請務必確實填寫，謝謝！

姓名		性別	□男 □女
生日	年 月 日	年齡	
住宅地址	郵遞區號□□□		
行動電話		E-mail	

學歷

□國小 □國中 □高中、高職 □專科、大學以上 □其他______

職業

□學生 □軍 □公 □教 □工 □商 □金融業

□資訊業 □服務業 □傳播業 □出版業 □自由業 □其他______

謝謝您購買 逃離死神 與我們一起分享讀完本書後的心得。務必留下您的基本資料及電子信箱，使用我們準備的免郵回函寄回，我們每月將抽出一百名回函讀者，寄出精美禮物以及享有生日當月購書優惠！想知道更多更即時的消息，歡迎加入"永續圖書粉絲團"

您也可以使用以下傳真電話或是掃描圖檔寄回本公司電子信箱，謝謝！

傳真電話：（02）8647-3660　電子信箱：yungjiuh@ms45.hinet.net

●請針對下列各項目為本書打分數，由高至低5～1分。

	5 4 3 2 1		5 4 3 2 1
1. 內容題材	□□□□□	2. 編排設計	□□□□□
3. 封面設計	□□□□□	4. 文字品質	□□□□□
5. 圖片品質	□□□□□	6. 裝訂印刷	□□□□□

●您購買此書的地點及店名______

●您為何會購買本書？

□被文案吸引 □喜歡封面設計 □親友推薦 □喜歡作者

□網站介紹 □其他______

●您認為什麼因素會影響您購買書籍的慾望？

□價格，並且合理定價是______ □內容文字有足夠吸引力

□作者的知名度 □是否為暢銷書籍 □封面設計、插、漫畫

●請寫下您對編輯部的期望及建議：

★請沿此線剪下傳真、掃描或寄回，謝謝您寶貴的建議！

221-03

新北市汐止區大同路三段194號9樓之1
傳真電話：（02）8647-3660
E-mail：yungjiuh@ms45.hinet.net

廣 告 回 信
基隆郵局登記證
基隆廣字第200132號

培育
文化事業有限公司

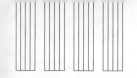

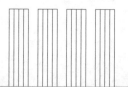

讀者專用回函

逃離死神

培養文化育智心靈的好選擇